Die Trauzeugin

Eine Geschichte aus den dunklen Tagen Frankreichs (Band II)

Lewis Wingfield

Writat

Diese Ausgabe erschien im Jahr 2023

ISBN: 9789358811018

Herausgegeben von
Writat
E-Mail: info@writat.com

Inhalt

KAPITEL XI.
EINE KRISE.

Der Weggang des Abbé hinterließ eine Lücke im Haushalt. Er war darin zu einem so auffälligen und notwendigen Element geworden, dass sogar Gabrielle seine launenhafte Anwesenheit bedauerte, während sie gleichzeitig ein Gefühl der Erleichterung verspürte, weil er sie nicht mehr verfolgte. Es war nur eine vorübergehende Atempause, das wusste sie. Er würde bald zurückkehren, die Belagerung erneuern und eine Antwort verlangen. Wie diese Antwort lauten sollte, wusste sie nicht genau. Ihr Interesse an sich selbst war verschwunden. Sie vermisste die Lesungen, die sanfte Deklamation der musikalischen Stimme; denn allein gelassener als je zuvor brütete ihr Geist ungestört über der Vergangenheit und den verworrenen Möglichkeiten der Zukunft. Die Aufmerksamkeit des Chevaliers war eher lästig als sonst, denn seine Konversationsfähigkeiten waren begrenzt. Seine Position war die eines Wachhundes, und wie alle Welt weiß, wird von Wachhunden erwartet, dass sie wachen und nicht reden. Er begnügte sich damit, eine unbegrenzte Zeit lang mit leeren Augen auf seine Schwägerin zu starren, sehr schwer zu atmen und starke Geisterdämpfe auszustoßen, mit einem bedeutungslosen, aber selbstgefälligen Ausdruck bewusster Rechtschaffenheit. Er tat seine Pflicht und wusste es. Seit seiner Zurückweisung in jener Mondnacht, die nun schon lange her war, schien er auf seine langsame Art von einer festen Idee besessen zu sein. Der Preis war nicht für ihn. Sein Bruder hatte sich großmütig verhalten, als er ihm erlaubte, es zuerst zu versuchen. Nachdem er gescheitert ist – wovon er hätte wissen können –, muss er sein Versprechen halten und ihm bei der Verfolgung nach besten Kräften zur Seite stehen.

Er war ein bemerkenswerter Mann, sein Bruder, davon war er seit Jahren überzeugt, der dazu bestimmt war, in allen Dingen seinen Willen zu haben; Und das ist auch völlig richtig, denn ein befehlendes Genie sollte sicherlich Erfolg haben.

Düsterer fetter Phebus ! Eingelullt durch das eintönige Leben in Lorge , war der kleine Intellekt, den er besaß, eingeschlafen. Hin und wieder hatte er einen Ausflug gemacht, um mit dem Wildhüter zu schießen, konnte sich aber nie mit ihm verstehen. Seine orakelhaften Bemerkungen wurden mit Schweigen beantwortet. Jean Boulot behandelte ihn mit mürrischer und erzwungener Höflichkeit, und seinem trägen Geist wurde nach und nach klar, dass der Wildhüter ihn von ganzem Herzen verachtete. Er wurde von einem gewöhnlichen Landbauern verachtet, der, anstatt zu höhnen, dankbar sein sollte, von einem Halbbruder des Marquis de Gange bemerkt zu werden ! Die Lage war so unbefriedigend, dass der Chevalier die Verfolgung aufgab.

Er gab auch das Reiten auf, denn sein Pferd würde die Richtung nach Montbazon nehmen , dessen Empfang durch die Insassen ihm Angst machte. Angelique sah so wehmütig aus, und die alte Dame war so überschwänglich gastfreundlich, dass er in seinen Schuhen ganz schön zitterte, weil er befürchtete, er könnte eines Morgens aufwachen und feststellen, dass er verheiratet war.

Da er herumlungerte und weder geistig noch körperlich eine Beschäftigung hatte, war es nur natürlich, dass er in die Falle tappte, die für die Müßiggänger und Unbeteiligten vorbereitet ist; dass er die zögerlichen Stunden in Gesellschaft des besten Cognacs verbringen sollte.

Die Zeit lastete schwer auf den Händen der vernachlässigten Gabrielle. Toinon war ein süßes Mädchen, das sich durch viele kleine Taten bemühte, ihr trauriges Herz zu trösten; aber der Stolz der Chatelaine stand zwischen ihr und Toinon . Es war bitter, ihr Unrecht der zärtlichen Berührung einer liebevollen Pflegeschwester auszusetzen. Selbst wenn sie Missionen zu den kranken Armen erledigte, von denen es leider viel zu viele gab, konnte sie ihre Gedanken nicht vom Grübeln abhalten. „Was war und was hätte sein können“ bildete einen düsteren Refrain, der ihr immer wieder in den Ohren klang.

Der Abbé blieb lange abwesend. Seine Briefe waren voller Interesse, wenn auch nicht besonders fröhlich. Er schien zu dem Schluss gekommen zu sein, dass sich die Lage in der Hauptstadt nicht verbesserte. „Der König trägt eine große Schuld“, schrieb er, „während die Königin voreilig ist und die Kombination nicht zufällig ist.“ Er erzählte von der seltsamen und aggressiven Vorgehensweise dieses frechen Gremiums, der Nationalversammlung, und von der verräterischen Sprache einiger ihrer Mitglieder. Diese unverschämten Schurken plapperten auf eine Weise von den Menschenrechten, die für jemanden von höherer Abstammung abstoßend war. Er erzählte, dass ihre Majestäten gewaltsam aus Versailles verschleppt worden seien und in der Metropole wohnen sollten, und erzählte Geschichten von Monsieur de Lafayette, dessen Verhalten umso bedauerlicher sei, als er selbst ein Adliger sei. Er hatte tatsächlich in einer öffentlichen Sitzung des Pöbels, der die Geschäfte leitete, verkündet: „Wenn Unterdrückung eine Revolution notwendig macht, ist der Aufstand die heiligste aller Pflichten.“ Du lieber Himmel! was als nächstes? Politische Gesellschaften hatten den Mantel der Geheimhaltung abgeworfen und ihre abscheulichen Gefühle offen zur Schau gestellt. Die „Gesellschaft der Jakobiner“ schien in Zukunft ein gefährliches Element zu sein, obwohl kürzlich ein Konkurrenzverein namens Feuillans gegründet worden war, um ihren unheilvollen Einfluss auszugleichen. Insgesamt betrachtete Pharamond , der sonst so lebhaft war, die Ereignisse durch eine dunkle Brille.

Der Abbé hatte sein Beglaubigungsschreiben ordnungsgemäß dem Maréchal de Brèze überreicht , der sich überaus höflich verhalten hatte und ihn mit endlosen Fragen über das Glück seiner Tochter ermüdet hatte. Das Leben in Lorge müsse arkadisch sein, hatte er zufrieden erklärt, sonst wäre die schöne Schlossherrin längst in die Hauptstadt zurückgekehrt.

Warum, so schlug der Abbé vor , unternahm er nicht eine Pilgerfahrt, um sie zu besuchen?

Nein, hatte er geantwortet und seinen ehrwürdigen Kopf geschüttelt; Glück war eine zerbrechliche Sache, die nicht gestört werden durfte. Das Erscheinen eines alten Mannes und einer alten Frau wäre wie das Werfen eines Steins in einen Teich. Er war zufrieden zu wissen, dass Gabrielle glücklich war und Briefe schreiben und empfangen konnte. Außerdem wollte er nicht, dass sein Liebling in diesem chaotischen Zustand nach Paris zurückkehrte.

Diese Briefe Pharamonds wurden beim Frühstück vom Chevalier gemurmelt.

Clovis hatte es sich zur Gewohnheit gemacht, alleine zu frühstücken – außerdem langweilte ihn die Politik; aber Mademoiselle legte Wert darauf, anwesend zu sein, nachdem sie ihren lieben Schützlingen im entfernten Flügel ihr eigenes Mahl gegeben hatte; denn sie hörte gerne die vom Abbé indizierten Nachrichten .

Gabrielle sprach selten. Sie schien in einer verzweifelten Benommenheit zu sein, die die aufmerksame Gouvernante provozierte. Hat die dumme Kreatur den Verstand verloren? Wer nicht in der Lage ist, für sich selbst einzustehen, verdient es, dem Joch unterworfen zu werden. Es juckte Aglaé in den Fingern, die Marquise zu schlagen oder sie laut zu schütteln. Aber sie war vom Abbé vor seiner Abreise belehrt worden, wusste, dass der Hund sie beobachtete, und wusste, dass es an ihr lag , vorsichtig zu sein; derzeit nicht mit ihrem Verbündeten zu streiten. Was Gabrielle betrifft, so lächelte sie manchmal ein geheimnisvolles Lächeln, das trauriger war als Tränen. Glücklich! Warum, ihr Herz brach langsam. Niemand wollte sie. Ihr einziger Wunsch war es, zurückgezogen zu bleiben – geschützt durch die Distanz vor den forschenden Blicken ihres Vaters, der mit den Augen der Liebe ihr Elend erkennen musste.

Der Herbst ließ nach, der Winter kam und ging, und der Frühling kam, und der Abbé war immer noch abwesend. Die langen Abende, an denen, so sehr sie sich auch bemühte, sie auszutreiben, die Prozession ihres Kummers Fandangos in Gabrielles Gehirn tanzte, begleitet vom Schnarchen des Chevaliers, wurden immer unerträglicher. Wie lange sollte dieses Martyrium noch andauern? – wie lange?

Die kalten Winde hatten ihre Strenge gemildert ; die Luft wurde mild. Unten waren Stimmen zu hören, die sich halb geflüstert unterhielten. Gabrielle ging zum offenen Fenster und schaute hinaus. Was für ein ruhiger und süßer Abend! Wie ruhig floss der Fluss an den Füßen des düsteren Schlosses vorbei! Wie sanft bewegten sich die Äste jenseits des Baches im Rhythmus der Brise!

Unter den Fenstern des großen Salons befand sich eine Art schmaler Gang, der als Penthouse zu den vergitterten Fenstern der Kerker am Wasser diente. Früher diente es als Plattform für die Einschiffung von Booten, aber jetzt wurde es von wenigen Fuß betreten, denn seine Flaggen waren schleimig und tückisch. Die Stimmen waren die von Jean und Toinon , die sich offenbar einem entzückenden Flirt hingaben. Sie waren draußen gerudert. Das schwerfällige Schiff, das die Familie benutzte, war ein paar Meter entfernt an einem Ring vertäut. Die Liebenden tauschten köstliche Vertraulichkeiten aus, bevor sie sich für die Nacht verabschiedeten.

Liebende, die im Mondlicht singen und gurren und zweifellos über das Glück reden, das sie auf jeden Fall genießen sollten, wenn sie verheiratet sind. Sie glaubten an das menschliche Glück und freuten sich auf eine Zukunft! Gabrielle lachte ein heiseres Lachen, das ihr Angst machte, und in einem fiebrigen Kribbeln zog sie sich ins Boudoir zurück. Was gab es heute Abend, das sie noch trostloser machte als sonst? Es musste ihr schlecht gehen, denn ihre Nerven waren so angespannt, dass sie keinen Moment still sitzen konnte. Die Kinder schliefen inzwischen, denn Mademoiselle war sehr vorsichtig mit ihnen. Sie hatte zumindest diese Gerechtigkeit verdient. Schlafend und träumend – nicht von ihr; denn sie sah sie jetzt kaum noch, außer dass sie wie Kinder in der Ferne herumtollten . Sie verspürte plötzlich den Drang, in der Nähe der Schätze zu sein, nach denen sich ihre Seele so sehr sehnte. Sie konnte sie natürlich nicht sehen, denn hatte Mademoiselle ihr nicht längst klar gemacht, dass sie im Kinderzimmer keine Autorität hatte? Die Lieben. Gott sei Dank waren sie glücklich! Sie kroch in die Frühlingsluft und küsste die Wand, hinter der die Kinder lagen! Fast schuldbewusst ergriff sie mit zitternden Fingern ein Seidentuch und schlich davon. Es war gut, dass der Chevalier im Schlaf war, sonst würde er darauf bestehen, ihm zu folgen, und in seiner Gegenwart hätte sie sich geschämt, ihrer Laune nachzukommen. Weg, über den Innenhof, durch die Hintertür, von der sie einen goldenen Schlüssel an einem Armband trug, entlang der schmucken Gassen des Grabengartens bis zum äußersten rechten Flügel der beiden Stockwerke, die Mademoiselle in Besitz genommen hatte. Wie wir wissen, richtete sie sich bei ihrer Ankunft in den Räumen unterhalb des Salons ein; aber später hatte sie sich und ihre Schützlinge unter dem Vorwand, es sei feucht, entfernt. In der Kammer, die jetzt als Kinderzimmer diente, hatte sie ein Fenster durchbohren lassen, um Zugang zum Gartengraben zu erhalten. Es sei so viel besser für die Kinder, hatte sie gefleht, sofort auf dem sonnenbeschienenen Gras tanzen zu können anstatt dunkle Korridore zu durchqueren. Wie rücksichtsvoll! Natürlich hatte sie wie immer recht. Clovis war von ihrer Liebe zum Detail begeistert und das Fenster wurde sofort angefertigt.

Ein Lichtstrahl strömte über die Grasnarbe. Seltsam. Der Flügel war offen. Wie unvorsichtig, und die Lieben im Bett! In heißem und ängstlichem Zorn wollte Gabrielle gerade vorwärts stürmen und Vorwürfe machen, als ihre Schritte gestoppt wurden. Sie waren nicht im Bett, denn sie konnte hören, wie sie mit dem Marquis und seiner Gouvernante plauderten. Sie schlich sich heimlich näher heran und spähte hinein. Durch ihre Brust schoss ein Schmerz, der so scharf war, dass sie fast zu sterben hoffte. Eine ergreifende Familiengruppe, deren Mittelpunkt *sie* hätte sein sollen – ihr rechtmäßiger Platz wurde von dieser bösen, grausamen Frau usurpiert! während sie, die Herrin des Hauses, draußen in der Nachtluft zitterte! Ein Paria – ein Aussätziger – ein abscheuliches Ding – außerhalb der Tore verbannt. Was hatte sie getan – was hatte sie getan –, um dieses schreckliche Schicksal zu verdienen? Der Marquis lag mit der selbstgefälligen Ruhe, die Trost mit sich bringt, in einem niedrigen Sessel, während Aglaé sich vornüberbeugte und sorgfältig seine Hand verband. Mit welcher Zärtlichkeit faltete und straffte sie das Leinen. Er hatte sich durch eine zerbrochene Flasche leicht verletzt und sah ihr lächelnd bei der Arbeit zu, während er dem Geplapper der Kleinen lauschte, die in wattierten Morgenmänteln vor dem Feuer auf ihre rosafarbenen Zehen stießen.

„Du bist so gut zu uns allen", bemerkte Clovis leise. „Camille und Victor, sagen Sie, schätzen Sie Mademoiselle?"

„Ich versuche, für sie eine Mutter zu sein", war ihre ruhige Antwort.

Eine Mutter! Clovis seufzte und runzelte die Stirn, während die Kinder fröhlich riefen: „ Aglaé ? Natürlich lieben wir sie."

Camille, die sich von hinten schlich, legte ihre kleinen Arme um die beleibte Taille, während Aglaé leise sagte: „Sei still, mein Liebling, sonst tue ich deinem Vater weh."

Victor – ein kluger Junge – schüttelte weise den Kopf in Richtung des zischenden Kaminfeuers und verkündete seine Überzeugung: „Diese Mademoiselle war vom Himmel herabgekommen. Aber egal", fügte er hinzu, „wenn sie zurückkommt, wird sie eine bekommen . " Höherer Ort als zuvor, auf einer so schönen und perlmuttfarbenen Wolke.

"Wie ist das?" fragte der Marquis amüsiert.

„Du wirst auch einen schönen Platz haben", fuhr der Bengel fort. „Jeden Abend, wenn ich meine Gebete spreche, bitte ich den Himmel, gut zu Papa und Mademoiselle zu sein."

Die Marquise stolperte davon, die Finger fest über die trockenen, brennenden Augen gelegt. „Sie sind komplett ohne mich", stöhnte sie und keuchte wie ein gejagtes Tier. „Es gibt keinen Platz für mich! Kein Platz auf der ganzen Welt!"

Sie torkelte den umgebenden Grüngürtel entlang, als wäre sie blind geworden, bis sie das Ende erreichte, wo der Wassergraben gegen den Fluss verschlossen war.

„Kein Platz für mich! Kein Platz für mich!" Gabrielle murmelte und klapperte mit den Zähnen wie bei jemandem, der einen Fieberkrampf hat. Sie schwankte hin und her , schaute ins Wasser und erkannte die schwarze Masse des Werry. Eine leuchtende Idee schoss ihr durch den Kopf. Wenn das Boot mit nichts als einem seidenen Umhang den Bach hinuntertreiben würde, würden sie die Loire nach der vermissten Chatelaine schleppen und zumindest so tun, als würden sie sich für den Unfall entschuldigen. Ja! ein Unfall – das war die Lösung der Schwierigkeit. Ihr Vater würde ihren Tod bedauern, aber nie erfahren, dass sie ihn selbst verursacht hatte. Warum war ihr das noch nie in den Sinn gekommen? Der Marschall würde trauern, aber darüber hinwegkommen; denn der Kummer der Alten ist von kurzer Dauer, und ruhen die Toten nicht? Glücklich tot, so gesund zu schlafen. Bald würde sie zu der schattenhaften Phalanx gehören – für immer in Ruhe.

Nachdem sie einen hastigen Blick auf die Szene geworfen hatte, stieg sie in das Boot und löste die Kette. Es gab niemanden, der sie ansah, außer den leeren Augen des dunklen Schlosses. Was war in seiner Geschichte ein Leben – ein unerträglich müdes Leben? War seine Erinnerung an den Wasserkerker und die Folterkammer nicht grün?

„Für mich gibt es keinen Platz auf der ganzen Welt", wiederholten die klappernden Kiefer, als das Boot in die Mitte des Stroms schoss. Zufällig beobachteten sie vier menschliche Augen, von denen sie nichts wusste .

Jean und Toinon waren nicht verschwunden, obwohl sie sich in den Schatten zurückgezogen hatten. Als sie hörte, wie sich die Kette löste, erschauerte sie und versteckte ihr Gesicht auf der großen Brust daneben.

„Dungeongeister – rasselnd mit ihren Gyves", bemerkte Jean leise. „Sehen Sie – da ist noch einer."

Toinon blickte auf und hielt den Atem an. Im breiten Mondlicht stand eine Frau aufrecht in einem Boot! Eine Frau, die sich langsam von einem

Vorhang befreite und ihn sorgfältig auf dem Sitz arrangierte. Dann stellte sie einen Fuß auf das Dollbord und stürzte sich absichtlich in den Bach.

Es kam alles so unerwartet – so plötzlich – dass die beiden wie gelähmt dastanden . Beide kannten die schlanke Figur gut. Sie wurden durch Rufe von oben aus ihrer ehrfürchtigen Benommenheit aufgeschreckt. Der Chevalier stampfte wild mit den Armen auf einem Balkon herum. „Es ist Gabrielle! Gabrielle!" er schrie. „Rette sie! Rette sie! Rette sie!" Und dann rannte er mit einem verzweifelten Schrei in Richtung Kinderflügel davon.

Jean murmelte verächtlich: „Der nutzlose Idiot", löste sich von Toinons umschlingenden Armen und sprang von der Plattform ins Wasser. Atemlos und stolz auf ihn beobachtete Toinon seine kräftigen Schläge, wie sie die ölige Oberfläche zerschnitten. Er hatte sie im Griff – Gott sei Dank! und trug seine Bürde zur Bank.

Im näherkommenden Haus herrschte Aufruhr und Aufschrei. Clovis und der Chevalier erschienen am Fenster und riefen wie verrückt: „Rettet sie!" Der Marquis verschwand vom Balkon, berührte eine Feder und verschwand eine geheime Treppe hinunter, die auf den rutschigen Gang führte, begleitet von Mademoiselle Brunelle, die mit neuer Sorgfalt auf der Stirn seinem Beispiel schnell folgte. De Gange nahm die leblose Bürde in seine Arme, während Tränen über sein Gesicht liefen. „Gott segne dich, Jean", schluchzte er, „Gott segne dich. Ich werde diese Tat nie vergessen. Sie wird leben – sie ist nur ohnmächtig geworden. Jean, du hast sie vor dem Tod gerettet – mich vor einer lebenslangen Reue." ."

Aglaés trübes Gesicht wurde immer verwirrter, als er ihr grob den Mantel abnahm, den sie über ihre Schultern geworfen hatte, um ihn um seine triefende Bürde zu wickeln.

„Er nimmt meinen Umhang", murmelte sie, „es ist ihm egal, ob mir kalt ist!"

„ Aglaé , fühle", flüsterte er besorgt. „Habe ich nicht recht? Schlägt ihr Puls nicht noch?"

Mademoiselle Brunelle erwachte aus staunenden Träumereien, um sich den Erfordernissen des Augenblicks zu widmen. „Ja", erklärte sie mit verbindlicher Schnelligkeit. „Die arme verrückte Dame lebt. Toinon , wärme sofort ein Bett. Jean, nimm sofort ein Pferd und hol einen Arzt. Wir zwei werden uns in der Zwischenzeit um sie kümmern."

Stöhnend und zitternd stand der verängstigte und gelähmte Chevalier hilflos daneben und rang die Hände. „Sie ist allein ins Boot gestiegen, das arme Ding", wimmerte er, „weil sie mir nicht vertrauen konnte. Oh! diese verhängnisvolle Nacht – diese verhängnisvolle Nacht! Natürlich wollte sie mir nicht vertrauen."

Unterdessen trugen der Marquis und seine Verwandtschaft ihre Last die Wendeltreppe hinauf. Keiner von ihnen sagte ein Wort, bis sie den Saloon erreichten und die bewusstlose Marquise auf eine Couch legten. Dann seufzte Aglaé , ratloser denn je.

„Gott sei Dank, sie ist gerettet; Gott sei Dank!" Murmelte Clovis inbrünstig.

„Wer hätte jemals gedacht", überlegte die Gouvernante laut, „dass ein so leidgeprüftes und nutzloses Stück Gut dazu gebracht werden könnte, ihr das Leben zu nehmen?"

"Stille!" schauderte der Marquis. „Seit jeher hätte ich mich für ihren Mörder halten sollen!"

„Tausend schade", sinnierte Mademoiselle. „Wenn er sie nur hätte ertrinken lassen, wärst du in diesem Moment frei."

Clovis blickte entsetzt auf und wurde bleich wie eine Statue.

KAPITEL XII.
DIAMANT GESCHLIFFEN.

Mit einer Drehung des Kaleidoskops entsteht ein weiteres Muster. Gabrielle lag in dem großen Prunkbett mit seinem schweren geschnitzten Baldachin und den schweren Vorhängen aus tiefblauem Samt mit goldenen Fransen und fragte sich, ob sie in einer freundlicheren Welt erwacht war oder ob sie in der alten, rauen Welt träumte. Nein. Es war derselbe herrlich düstere Raum, in dem sie so oft geweint hatte, mit seinen düsteren Vorfahren, die vor dem Hintergrund verwesender Arras die Stirn runzelten.

Dort drüben, neben dem hohen verzierten Kaminsims, befand sich der bekannte Ebenholzschrank, in dem ein längst vergangener Alchemist, De Brèze , seine Fläschchen aufzubewahren pflegte. Auf der linken Seite befand sich das zweibogige Fenster mit breiter Fensterbank, das auf den gepflasterten Innenhof blickte. Auf dem Fensterbrett stand eine Reihe schwerer Bronzetöpfe aus der Renaissance, gefüllt mit bunten Pflanzen, um die leere Wand gegenüber zu verbergen. Sowohl Madame de Vaux als auch Angelique hatten immer geschaudert, wenn sie die Schwelle dieses Zimmers überschritten hatten, und geschworen, dass das große Bett, wie ein Begräbniskatafalk, eine geeignete Ruhestätte für Gespenster sei, nicht für menschliche Schönheit. Als ihr geraten wurde, woanders hinzuziehen oder die Wohnung fröhlicher einzurichten, hatte die Schlossherrin lächelnd den Kopf geschüttelt. Die Damen des Schlosses hatten diesen Raum immer bewohnt, und sie würde ihrem Beispiel folgen und keine Angst vor Geistern haben.

Es war schön, den Präzedenzfällen von Lorge zu folgen“, erwiderte ihre Nachbarin . „Viele der Chatelaines wurden ermordet, die armen Kerle! Und der Rest war so erbärmlich, dass ein Mord, so grausam er auch sein mag, als Freilassung gefeiert worden wäre.“

Ach! Das Schicksal des jetzigen war nicht rosiger als das der anderen. Sie hatte sich in diesem ruhigen Zimmer ziemlich elend gefühlt und oft um den Tod gebetet. Aber jetzt schien Fortune der Verfolgung irgendwie überdrüssig zu sein. War es möglich, dass sich aus dem finsteren Gewirr der Inhalt doch noch entfalten konnte?

Im Vorzimmer flüsterten Stimmen, in denen Gabrielle die von Jean und Toinon , den Beobachtern, erkannte. Hin und wieder öffnete Toinon sanft die Tür und erkundete sie , und als er sah, dass der Kranke offenbar schlief, schloss er sie leise wieder, aber nicht bevor die kranke Dame einen Blick auf den Chevalier hinter sich erhascht hatte, der immer noch einen Ausdruck der Bestürzung trug.

Wunder über Wunder! Manchmal, wenn sie aus unruhigem Schlaf erwachte, sah sie die Gestalt des Marquis am Fußende des Bettes stehen und besorgt auf sie herabblicken. Er wirkte abgezehrt und erschöpft. Könnte es an ihrem Konto liegen? Konnte irgendwo, versteckt in einer abgelegenen Nische, noch eine Flamme liebevoller Wertschätzung für sie flackern?

Sie täuschte einen Schlaf vor und musterte ihn genau. Er war offensichtlich unglücklich, hatte etwas im Kopf, war unangenehm beschäftigt. Ihr Herz hüpfte bei dem Gedanken, dass es vielleicht ihretwegen war, dass er beunruhigt war. Er dachte sicherlich viel an sie, denn obwohl er nicht lange blieb, besuchte er das Zimmer oft. Auch wenn es kaum zu glauben war, konnte Gabrielle kaum daran zweifeln, dass er ihretwegen unglücklich war. Seine Augen waren geöffnet worden! Ihm war klar geworden, wie grausam seine Vernachlässigung gewesen war, und es tat ihm leid. Es bedurfte nur eines freundlichen Wortes der Ermutigung von ihr, um eine verspätete Versöhnung herbeizuführen.

Sie nutzte eine Gelegenheit, streckte sanft ihre Hand aus und ergriff die von Clovis mit zärtlichem Druck, während sie dabei murmelte: „Ehemann! Ich wurde durch einen Fehler zu dieser bösen Tat getrieben. Gott wird vergeben. Können Sie auch verzeihen? "

Beim Klang ihrer schwachen Stimme zuckte der Marquis schuldbewusst zusammen und ließ den Kopf hängen; und während er schwieg, seine Hand träge in ihrer, ging sie langsam vor –

„Es ist nicht deine Schuld, Liebes. So beschäftigt dein Geist auch ist, kannst du dir nicht vorstellen, was für eine liebende Frau Isolation und Gleichgültigkeit bedeuten. Ich habe dich mit meiner Eifersucht geärgert und geärgert; aber dann, als Mädchen, habe ich war so verwöhnt – bis zu den Lippen in Liebe! Schenke mir Zuversicht und vollkommenes Vertrauen und du wirst nicht mehr verärgert sein. Gehorsam in allen Dingen, ohne mir das Recht zu geben, zu beraten oder zu tadeln, werde ich dein treuer Lebensgefährte sein, die Hälfte von dir selbst!"

Noch viel mehr sagte sie in der gleichen Art und Weise, ohne Vorwürfe, und bat um einen bescheidenen Platz in seinem Herzen.

Ach ich! Was für ein Hohn sind diese irdischen Verbindungen im Guten wie im Schlechten, bis der Tod uns scheidet! Die Besten sind dazu verdammt, ihren Reichtum an Zärtlichkeit an Empfänger zu verschwenden, die kein Verlangen danach haben. Handelt es sich um eine in subtiler Ironie verhängte Strafe für die Verfehlungen eines früheren Lebens? Ein halbes Leben lang beharren wir darauf, einem Phantom unsere Liebe zu schenken, und als wir zufällig entdecken, wie böse das Gespenst ist, legen wir uns verzweifelt hin. Ein Narrenparadies wäre ein bezaubernder Aufenthaltsort, wenn wir nicht früher oder später mit ziemlicher Sicherheit mit Gewalt daraus vertrieben würden. Auf diesem winzigen Staubkorn des Universums – hoffen wir, dass dies in den wichtigeren Welten, in denen wir uns später aufhalten wollen, nicht der Fall ist – schlagen wir uns schon in jungen Jahren den Kopf gegen die Steinmauer der Desillusionierung, mit der wir uns schon früh vertraut machen gebrochene Versprechungen. Glücklicherweise hat der unterstützende Engel Hope mehr Leben als eine Katze. Verprügelt , bekifft und bis zur Unkenntlichkeit zerfleischt, siehe, sie setzt sich auf und reibt sich, wieder bezaubernd.

Was die unglückliche Gabrielle für den Anflug schlummernder Zuneigung hielt, war nichts weiter als eine unwürdige Mischung aus Scham, Reue und Angst. Das Gewissen von Clovis hatte ihn schon lange belastet, dass er sich sehr schlecht benahm; dass er eine schöne Frau mit einem frischen und feurigen Temperament und einer gut gefüllten Handtasche geheiratet hatte; dass er dank letzterem in vergoldeter Bequemlichkeit lebte und seiner Besitzerin im Gegenzug nichts gab, wonach sie sich sehnte. Die Menschen provozieren gewaltig und fordern lauthals, wir müssten nicht geben. Wie ermüdend sind diejenigen, die ständig wiederholen: „Ich will deine Liebe und nichts anderes", obwohl sie wissen sollten, dass wir keine Liebe zu geben haben. Dann folgt mit Sicherheit die Phase der Vorwürfe und Tränen, die noch ermüdender ist. Als Clovis sein Gewissen schmerzte, tat ihm sein Helfer sehr leid; und es tat ihm auch leid, dass sie sich solche Sorgen machte. Von seinem Standpunkt aus hatte er das Recht, dem Speisesaal das Licht seines schönen Antlitzes zu entziehen. Wie kann ein Mann mit einem so reuigen Gesicht gegenüber Appetit haben? Bei Festen ist von Skeletten die Rede! Hier war man bei jeder Mahlzeit dabei, denn sprachlos nicht minder eloquent. Das Unangenehme und Unvermeidbare gilt es zur Selbstverteidigung so schnell wie möglich wegzuräumen und zu vergessen. Clovis war (bildlich gesprochen) mit Aglaé in die Zauberwanne gesprungen , um sein Skelett zu vergessen. Er wusste, dass er etwas Falsches tat, war sich aber auch bewusst, dass es nicht an ihm lag, das Richtige zu tun. Warum konnte Gabrielle nicht vernünftig sein? Wenn die Menschen nur diese bescheidene Tugend des gesunden Menschenverstandes kultivieren würden, wie viel reibungsloser würden die Räder des Lebens laufen. Warum konnte sie, als sie – vielleicht mit Schmerz – erkannte, dass Luna nicht als käufliches Produkt auf dem Markt ist, sich nicht ruhig mit der Philosophie zufrieden geben und aufhören, nach dem Mond zu weinen?

Als die arme Dame gezwungen war, sich von ihrem Schoß zu lösen, wurde ihm die Vollkommenheit der Verzweiflung, die durch die Schuld ihres Mannes offenbar wurde, mit einem gewaltigen Stich bewusst; und er war wütend auf sie, weil sie in der Lage war, ihr einen so heftigen Kniff zuzufügen. Die Entfremdung sei nicht seine Schuld gewesen, argumentierte er mit Gewissen. Es war sein und ihr Unglück, das keiner von beiden beheben konnte. Natürlich war das alles schade; Aber gibt es in diesem Leben nicht unzählige Dinge, die „bedauerlich" sind, die wir aber nicht ändern können? Die kurze Zeit des *Tête-à-Tête* , *als sie zum ersten Mal nach* Lorge kamen, war schrecklich langweilig gewesen, und als vernünftiger Mann hatte er in seinen Büchern Zuflucht davor gesucht. Dann hatte die barmherzige Vorsehung eine Gruppe von Leuten geschickt, um seine Situation erträglicher zu machen – auch seine und ihre. Warum konnte sie sich nicht in ruhiger Zufriedenheit treiben lassen, wie er es getan hatte? Darauf kam es immer wieder zurück, und jedes Mal war er umso überzeugter davon. Seine Frau war ein unvernünftiges Wesen, das darauf bestand, sich nach dem zu sehnen, was sie nicht bekommen konnte, anstatt das Beste aus dem zu machen, was sie hatte. Vielleicht hatte er sich den Wunderkindern gegenüber nicht ganz nett verhalten. Doch war es nicht notwendig, dass sie eine geschulte Ausbildung erhielten, und hatten sie sich nicht aus eigenem Antrieb von ihrer Mutter zur Gouvernante gewandt? Er hatte nie gesagt: „Meine Lieben, ihr müsst euch nicht länger um Mama kümmern und eure Gouvernante anbeten." War es nicht offensichtlich, dass Mama sie genauso ermüdete wie ihn, während ihre Lehrerin die entzückendste Kameradin war, die es je gab, und außerdem ungewöhnlich klug?

Durch diese Argumentation wurde das Gewissen überzeugt oder tat so, als wäre es so, es rollte sich zusammen und schlief, und ohne diese neue Störung wäre es in bezauberter Ruhe geblieben. Es lässt sich nicht leugnen, dass etwas grundlegend falsch sein muss, wenn eine Frau, die früher gelassen war, in verbrecherischer Absicht aus einem Unfall springt. Obwohl allen gesagt wurde, dass die Affäre ein Unfall gewesen sei, glaubte niemand daran. Der Marquis schämte sich und fürchtete einen Skandal.

Als die Geschichte sie erreichte, kam natürlich die Montbazon- Gruppe im Shanderydan mit glotzenden Augen und aufgestellten Ohren herübergetrottet , um sich nach der außergewöhnlichen Geschichte zu erkundigen. Clovis empfing sie mit spärlicher Höflichkeit, aber die alte Baronin ließ sich nicht mit kalter Schulter abschrecken, und Angelique gab sich kaum Mühe, ihren Verdacht zu verbergen. Was könnte Madame getan haben – mitten in der Nacht über die Loire zu fahren und über Bord zu fallen? Warum eine so seltsame Stunde für einen einsamen Ausflug wählen und warum aus einem so schwerfälligen und breitgefächerten Fahrzeug herausfallen? Könnte der liebe Marquis es erklären? Der liebe Marquis wurde gereizt und riet den Damen achselzuckend, Madame zu besuchen, die im Bett lag, aber gut genug, um ihnen alles zu erzählen. Die Damen saßen auf beiden Seiten des großen Katafalk im Schatten der blauen Samtvorhänge und beschnüffelten einander bedeutungsvoll über die Bettdecke hinweg. Auf dem Heimweg vom Baron ins Kreuzverhör genommen, schürzte die Baronin in bedrohlichem Schweigen die Lippen, während Angelique bemerkte: „Wenn sie mit diesen traurigen Augen, in denen Tränen quellen, darauf beharrt, dass sie glücklich ist, und schwört, dass ihr in dieser Nacht der Fuß ausgerutscht ist.", aus Höflichkeit müssen wir so tun, als würden wir ihr glauben." Darauf antwortete der Baron treffend: „Der Fuß ist tatsächlich ausgerutscht! Und das mitten im Fluss. Was hat er auf dem Dollbord gemacht?"

Clovis wusste, dass die Familie de Vaux schädliche Berichte verbreiten würde, aber er hatte noch einen weiteren Grund zur Sorge. Mademoiselle Brunelle hatte eine bestimmte Bemerkung fallen lassen, als die beiden ihre Bürde in den Salon trugen, der wie eine Dusche mit eiskaltem Wasser war. „Hätte er sie ertrinken lassen, wärst du frei!" Was für ein grausam kaltblütiges Gefühl aus dem Munde des gutmütigen Aglaé! Das Gewissen des Marquis hatte dazu keine Ahnung, denn es war ihm nie in den Sinn gekommen, den Tod seiner Frau zu wünschen.

Es ist eine weitere unangenehme Tatsache im Hinblick auf unsere kleine Erde, dass nichts stationär bleiben kann. Wir müssen immer in Bewegung sein – rückwärts, wenn nicht vorwärts. Clovis, zufrieden mit der Situation, wie er sich entwickelt hatte, wünschte sich nichts anderes als den Fortbestand des *Status quo* ; Und jetzt wurde ihm plötzlich klar, dass Mademoiselle, statt sich damit zufrieden zu geben, wie er, schattige Gebäude im Wolkenland errichtet hatte. Der Blick, der ihre bedauernden Worte begleitete, war voller Bedeutung gewesen. Sie konnte sich so weit freuen, den Weggang von Gabrielle zu begrüßen, damit sie ihren Platz einnehmen konnte. Und außerdem eine Gouvernante – ohne jeglichen Stammbaum –, die noch nie den Namen ihres Großvaters gehört hatte! Dass ein Mensch von niedriger Abstammung, so bewundernswert er auch sein mag, sich anmaßen sollte, die Krone einer Marquise de Gange anzustreben, war atemberaubend! Die Idee war ebenso unglaublich fantastisch wie abstoßend. Und doch hatte sie sich so sehr in sein Leben eingeschlichen, dass er wusste, dass er sie nicht ohne einen schrecklichen Kampf von dort losreißen konnte. Wenn das arme Ding gestorben wäre, hätte er dann im Laufe der Zeit überredet werden können, die Gouvernante zu übernehmen? Wer könnte prophezeien? Von einer solchen Möglichkeit war glücklicherweise keine Rede, da die Dame gerettet worden war und sich erholte. Mademoiselle muss seine Affinität sein – und er hofft auch nicht auf etwas Erhabeneres . Und doch, je mehr er darüber nachdachte, desto schockierter war Clovis über die Absurdität solcher Bestrebungen bei einem so Niedrigen und die Kaltblütigkeit dieser Bemerkung.

Die unglückliche Rede ihrerseits war Aglaé durch echte Überraschung abgerungen worden, denn die Bootskatastrophe hatte ihr vor dem geistigen Auge eine blendende Aussicht auf tatsächliche Möglichkeiten eröffnet, die ebenso neu wie erstaunlich waren. Sicherlich war ihr schon früher in den

Sinn gekommen, dass es schön wäre, eines Tages Marquise de Gange zu sein , aber es war ihr nicht in den Sinn gekommen, dass die jetzige Marquise dazu gebracht werden könnte, ihrem Nachfolger selbst die Tür zu öffnen. Nur aus beiläufiger Gehässigkeit hatte Aglaé Gabrielle bei ihrem letzten Interview unverschämt aufgefordert, sich aus der Welt zurückzuziehen.

Wie überraschend sind die Launen des menschlichen Tieres! Niemand hätte gedacht, dass eine stille, zurückhaltende Frau, die so schwach war, zu glauben, sie könne den Feind mit einem Armband kaufen, dazu getrieben werden könnte, sich das Leben zu nehmen! Die Entdeckung legte für die Zukunft eine neue Reihe von Taktiken nahe. Diesmal war die Tragödie aufgrund einer bösartigen Einmischung gescheitert, aber mit geschicktem Management könnte sicherlich ein ähnlicher Geisteszustand wie der, der dazu geführt hatte, wieder herbeigeführt werden? Und beim zweiten Mal könnten Vorkehrungen getroffen werden, um eine andere Beendigung sicherzustellen. Es gab keine Eile. Wenn es um Angelegenheiten von ernster Bedeutung geht, ist es bedauerlich, sich zu beeilen. Das rührselige Geschöpf lag im Bett und wurde gestreichelt und gestreichelt. Sobald es ihr besser ging, musste eine fortlaufende Reihe geschickt getarnter Angriffe organisiert werden, die den unbedeutenden Feind endgültig und vollständig in die Flucht schlagen und ihn liegend auf dem Feld zurücklassen sollten.

Inzwischen gab es etwas Neues, das die Gouvernante ziemlich verwirrte. Clovis war so dünnhäutig, dass er nur mit überragendem Geschick in den Griff zu bekommen war. Er war so von Schritten geplagt, dass er überredet werden musste. Jetzt machte sich eine Biene Sorgen in seiner Haube, denn statt wie üblich um die Füße seiner Verwandtschaft herumzufummeln, schlich er sich mit unbehaglicher Schüchternheit von ihrer Annäherung zurück und schenkte dem Kranken seine Aufmerksamkeit.

Im Hinblick auf Letzteres gab es nichts zu befürchten, denn die Schmeicheleien der Frau führten auf lange Sicht unweigerlich dazu, den Ehemann zu entfremden. In dieser Hinsicht war der Intrigant beruhigt. Aber was wäre, wenn sie tatsächlich in nicht allzu ferner Zukunft sterben würde ? Clovis hatte in der schicksalhaften Nacht schaudernd erklärt, dass er sich für einen Mörder gehalten hätte, wenn sie ertrunken wäre. Was für ein dummes altes Sprichwort es ist, das besagt, dass die Toten nicht zurückkehren! Wie viele sind, wenn sie außer Sichtweite sind, furchteinflößender als zu Lebzeiten! Wäre es bei Gabrielle so? Ist Reue nicht eine gewaltigere Barriere als die kaiserliche Mauer Chinas? So wie die Lage war, konnte Mademoiselle nicht leugnen, dass der Marquis es sich zur Gewohnheit gemacht hatte, ihr aus dem Weg zu gehen, dass in seinen Augen ein finsterer Ausdruck lag, in dem sich Angst und Misstrauen vermischten. Er muss unter ihrem weiten Rock einen gespaltenen Huf anstelle eines kräftigen Fußes gesehen haben und war von dem Anblick beunruhigt. Dieser Alarm muss beruhigt werden, sonst könnte der Einfluss der Affinität in tatsächliche Gefahr geraten. Es wäre seltsam, wenn er am Ende ihren Fängen entkommen würde – sehr seltsam.

Puh! Sie war stark und er war schwach. Hatte sie nicht bereits bewiesen, dass sie ihn wie einen Weidenstab biegen konnte? Und doch – vor ihnen lag ein Nebel, den selbst der scharfsichtige Aglaé nicht durchdringen konnte. Sie lachte mit leisem Zynismus, als sie darüber nachdachte, welche Gefühle Clovis hegen würde, wenn er die dunklen Gedanken seiner Verwandtschaft lesen könnte. Er hatte bereits zu viel gelesen, und die Wirkung war nicht gut gewesen. Da sie nun wusste, was sie wollte, musste sie über die Haltung nachdenken, die der Marquis einnehmen musste, denn sein Verhalten, was auch immer es sein mochte, würde natürlich von einem anderen Willen als seinem eigenen beeinflusst werden.

Gabrielle sollte gehen.

So viel stand im Kopf der Gouvernante fest. Bezüglich des Ehemannes standen zwei Gänge offen. Sollte er dazu gebracht werden, die unangenehme Bemerkung, die ihn so schockiert hatte, zu vergessen, oder sollte er sich nach und nach an die darin enthaltene Andeutung gewöhnen und durch geschicktes Schmeichelei stillschweigend zu seiner Billigung bewegt werden? Ihre Erziehung hatte dazu geführt, dass die Gouvernante eine niedrige Meinung von der menschlichen Natur hatte. Sie glaubte fest daran, dass noch nie jemand so frei vom Sauerteig der Bosheit gelebt hätte, dass er der Versuchung zum Verbrechen immun gewesen wäre. Es war lediglich eine Frage der Umgebung und des Ausmaßes der Versuchung. Aber im Fall von Clovis erforderte die Trägheit und das Zögern seines Charakters eine Überlegung. Darüber hinaus hatte sein jüngstes Verhalten gezeigt, dass ihm seine Aglaé noch nicht so herzlich am Herzen lag, dass er mit ihr alles unternehmen konnte. Aus Sorge um seine eigene Sicherheit schreckte er zurück und rannte heulend davon. Im Umgang mit manchen Menschen ist es klüger, etwas zu tun, ohne sie zu konsultieren, und die Zustimmung zu der Tat einzuholen, wenn sie ausgeführt wird – unwiderruflich und unwiederbringlich. Der erste Gang war eindeutig der vernünftigste. Clovis musste amüsiert und gestreichelt werden, bis der vorübergehende Anfall unbequemer Reue vorüber war und die kleine Rede vergessen war – und eines schönen Tages in nicht allzu ferner Zukunft aufwachen und sich als Hinterbliebener und Witwer wiederfinden.

Theoretisch war das alles sehr gut, aber was war mit dem plagenden Abbé? Er hörte von der Wasserepisode und war ernsthaft verärgert. Die Gouvernante war wütend, als sie daran dachte, wie lange es vergehen musste, bis ihr Plan in die Tat umgesetzt werden konnte – und das alles trotz der idiotischen Leidenschaft Pharamonds für die Marquise! Es wäre gefährlich, sich Pharamond zum offenen Feind zu machen , denn wenn er es so wollte, könnte er viele Speichen in ihr Rad legen; Umso leichter, genau in diesem Moment, als Clovis so schockiert war. Aus politischen Gründen, von denen sie selbst profitieren konnte, war sie durchaus bereit, Gabrielle so schnell wie möglich in seine Arme zu drücken, denn sie ging davon aus, dass er ein launischer Mann war, der eines erlangten Spielzeugs bald überdrüssig werden würde, und zwar so bald So wie er es getan hatte, war es ihm egal, wie schnell es kaputt war. Aber sie war auch nicht ohne ernsthafte Zweifel daran, dass er mit seiner Klage jemals Erfolg haben würde. Schlaue, Milch-und-Wasser-Frauen wie dieses blasse Geschöpf haben keine Leidenschaften, die diesen Namen verdienen, sondern atmen in Seufzern und Gebeten aus.

Und hier war noch ein weiterer unangenehmer Punkt. Würde der Abbé angesichts dessen, dass er abgewiesen wurde und gezwungen war, die Belagerung der Marquise aufzugeben, nicht jedes Motiv verlieren, der Gouvernante weiter zu helfen? und das, bevor sie bereit war, auf ihn zu verzichten? Natürlich würde er dann aufhören, ihr Lob in Clovis' Ohren zu singen; Würde er vielleicht sogar versuchen , im Interesse seiner eigenen Interessen diejenigen zu spalten, bei deren Vereinigung er mitgeholfen hatte? Wenn man den Abbé nur loswerden könnte! Doch es schien keine Chance zu geben, ihn loszuwerden, auch wenn sie in den Horizont blickte. Nein. Er muss humorvoll sein – wenn möglich, hinters Licht geführt werden. Der Abbé muss vorerst geduldet und als treuer Verbündeter behandelt werden, da es nicht gut wäre, ihn als Feind anzugreifen. Mademoiselle vermutete, dass der Chevalier alles berichten würde, was geschehen war, daher kam eine Verschleierung nicht in Frage. Als er von dem Vorfall erfuhr, kam er natürlich schlecht gelaunt nach Hause. Mit einem verdrießlichen Seufzer schrieb sie einen überschwänglichen Brief an Pharamond , in dem sie ihn anflehte, nach Lorge zurückzukehren , und sich eine Weile wünschte, er würde sich auf der Reise das Genick brechen. In dem Brief erklärte sie kunstvoll, dass ihr ein kleiner Fehler unterlaufen sei. Wenn Sie eine Beschimpfung vermeiden wollen, ist es gut, offen zu sein und zu gestehen; und lieber das Beste aus dem Peccadillo machen.

So kam sie vage zu dem Schluss, dass das Bündnis vorerst Bestand haben müsse, dass sie und der Abbé zumindest äußerlich ihre Freundschaft aufrechterhalten müssten und dass sie im Hinblick auf das Schicksal von Gabrielle abwarten und die Ereignisse beobachten müsse. Vielleicht würde das Schicksal in großzügiger Stimmung eine Möglichkeit aufzeigen, den dornenübersäten Weg freizumachen, indem es den Abbé hinwegfegt . Wenn er beseitigt würde, wäre der Kurs von Aglaé ganz klar; Der Prozess der Marquise wäre kurz.

Pharamond erhielt zwei Briefe von demselben Kurier und kochte vor Unmut über den Inhalt beider. Was für eine sträfliche Dummheit hatten sie alle in seiner Abwesenheit benommen! Dass der Chevalier – ein nutzloser Aasklumpen – sich selbst zum Narren erklären würde, war nur zu erwarten. Es war der Gipfel der Torheit gewesen, sich auf die Diskretion eines Verrückten zu verlassen. Nach eigenen Angaben hatte Phebus es versäumt, ordnungsgemäß über die Marquise zu wachen, und der bösartige Aglaé hatte ungestraft das volle Gift ihrer Bosheit an ihr ausgenutzt. Dafür sollte sie bestraft werden, als sich die Gelegenheit dazu bot, denn er hatte eindeutig seine Anweisungen gegeben, bevor er anfing, und zwar dahingehend, dass die Marquise ihre einsame Lage so deutlich spüren musste, dass sie geneigt sein würde, einen Liebhaber freundlich zu sehen . Es war überhaupt nicht Teil seines Programms , dass sie ins Grab gejagt werden sollte. War sie außerdem nicht die goldene Gans, die sie fütterte? Die bedauerliche Katastrophe war auf den Ungehorsam und die Bösartigkeit der Gouvernante zurückzuführen. Wie alle Welt weiß, ist weibliche Bosheit unvernünftig.

„Da ich nicht vermutete, dass sie so sensibel war, ging ich zu weit und bin zutiefst verzweifelt", schrieb Aglaé verlogen; „Nicht, aber die Geschichte, die Sie wahrscheinlich hören werden, ist stark übertrieben. Sie haben mir mehr als einmal eingebildet, dass Sie mein Freund sind. Durch eine kunstvolle Vortäuschung eines vorgetäuschten Selbstmords ist es der Marquise gelungen, ihren Mann wieder einzuschüchtern und an ihre Seite zu bringen. Sie schimpfen und gurren den ganzen Tag, was Ihnen nicht mehr gefällt als mir. Beweisen Sie in Ihrem eigenen Interesse und in meinem Interesse, dass Sie mein Freund sind, und kommen Sie."

Ja. Beide Briefe versicherten ihm, dass seine Anwesenheit in Lorge dringend notwendig sei, um dem Chaos wieder Gestalt zu verleihen; und Pharamond sah, dass er die Hauptstadt verlassen musste, obwohl die Ereignisse in Paris von täglich zunehmendem Interesse waren. Endlich dämmerte es ihm und anderen, dass sie an der Schwelle einer völlig neuen Epoche standen, die die alte zerstören und auslöschen sollte; dass das, was sie verächtlich für ein harmloses Aufbrausen gehalten hatten, der Beginn einer Erschütterung war, aus der eine neu geschaffene Gesellschaft hervorgehen würde. Der Wagemut der niederen Lehnsherren wuchs ebenso schnell wie die sagenumwobene Bohnenstange. Ein schüchterner Teil der angegriffenen Oberschicht hatte Frankreich bereits verlassen, aus Angst, sie wussten nicht, was, und der Rest war wie Schafe ohne Hirten. Was wäre, wenn, obwohl die Vorstellung eigentlich zu absurd wäre, der brodelnde Abschaum tatsächlich die Auserwählten in seinen fauligen und stinkenden Gewässern ersticken würde? In der Geschichte der Welt hat es viele Katastrophen gegeben. Obwohl die Bauern der Touraine bisher kaum Schaden angerichtet hatten, würden sie sicherlich von den Exzessen im Süden hören und wahrscheinlich zum Nachahmen gedrängt werden.

Lorge war ein starker Ort, aber angesichts der bevorstehenden Schwierigkeiten müssen Vorsichtsmaßnahmen zur Verteidigung getroffen werden. Aus vielen Gründen dürfte die Rückkehr des Abbés ins Land nicht länger aufgeschoben werden. Es wäre eine kluge Maßnahme, eine Versammlung der Landseigneurien einzuberufen und einen Bund zum gegenseitigen Schutz zu bilden.

"Ihre Freundin!" Der Abbé lachte mit einem bösen Zucken seiner dünnen Lippen, während er seine Briefe faltete und einsteckte. „Solange sie nützlich ist, ja – eine liebe, treue, treue Freundin – aber keinen Augenblick länger! Wenn sie sich nicht mit Anstand und allgemeiner Besonnenheit verhalten kann, müssen wir uns vereinen und sie in den Weltraum fegen."

Pharamond wieder zu Hause zu sehen , oder zumindest so, als sei es so. Er zeigte sich in bester Stimmung, obwohl seine Nachricht wenig beruhigend war, und er war insgeheim sehr verärgert über die veränderten Positionen seiner Puppen.

Als der Chevalier wegen seiner Trunkenheitsunfähigkeit verurteilt wurde, entschuldigte er sich, indem er schwor, dass Gabrielle ohne seinen rechtzeitigen Aufschrei umgekommen wäre. Er weinte alkoholische Tränen und plapperte zusammenhangslosen Unsinn, in dem er seine zahlreichen Verfehlungen beklagte. „Wenn sie mich nur hätte lieben können", wimmerte er mit gefalteten Händen, die noch mehr Espenholz als früher waren, „dann wäre sie so glücklich gewesen, und jetzt ist sie ins Elend gestürzt, und ich kann nichts tun, um es zu verhindern. Tröste sie, Bruder, da du der Begünstigte bist ; bring sie wieder zum Lächeln und ich werde dein Sklave fürs Leben sein!" und so weiter, mit tröpfelnden Jeremiaden und müßigen Reuebekundungen.

Was Mademoiselle betrifft, so äußerte sie sich so reuevoll und so bestrebt, die Klage des Abbés zu fördern, und machte sich insgesamt so angenehm, dass er hochmütig vorgab, sie zu begnadigen, indem er ein privates Gelübde ablegte, dass sie im frühesten Augenblick ihres Amtes enthoben werden müsse. Eine Frau, die sich so töricht verhalten konnte, dass sie den Bewunderer, den sie überreden wollte, in Angst und Schrecken versetzte, war in einem Spiel mit diamantgeschliffenen Diamanten nichts weiter als ein verachtenswerter Feind. Um seine eigenen Pläne zu verwirklichen , musste er sich jetzt mit ihr abfinden und den beginnenden Bruch wiedergutmachen. Aglaé muss in den Augen des reuigen Marquis reinwaschen, weil er die überstürzte Tat seiner Frau verursacht hat. Was auch immer nach und nach geschehen mag, der Neuling und seine Affinität müssen für eine Weile wieder zusammengebracht werden, und zu diesem Zweck übte Pharamond loyal seinen ganzen Einfluss aus. Er brachte seinen Bruder förmlich dazu, zu glauben, er sei ein verblendeter Einfaltspinsel; dass der Selbstmord ein Bühnengerät war, das Phebus und das Opfer erfunden hatten. „Was für ein Idiot, hereingelegt zu werden!" Er sagte: „Ein bisschen eifersüchtiges Temperament, nichts weiter, was ihr jetzt leid tut, denn sie hat durch das dramatische Untertauchen nichts gewonnen außer einem Krankheitsanfall."

Aglaé sprudelte vor Dankbarkeit, was die Verachtung Pharamonds nur noch verstärkte , der wie sie die Tugenden von ganzem Herzen verachtete. Sie war ein Werkzeug, das man benutzte, stumpf machte und dann achtlos wegwarf. Unterdessen lachte sie ins heimlich darüber, dass er sich so leicht von ihrer Komödie täuschen ließ. Er ahnte nie, was für eine neue und bedeutungsvolle Idee in ihrem Kopf aufstieg, und sie achtete darauf, keinen Hinweis darauf zu verlieren.

Wir werden nicht versuchen , den Fehler in der Beurteilung eines so versierten Marionettenmanipulators wie des Abbé Pharamond zu entschuldigen , der die Talente von Mademoiselle Brunelle so gering geschätzt haben sollte. Vielleicht wurde er durch die listige Zurschaustellung der Hilflosigkeit in ihrem letzten Brief in die Irre geführt. Wenn eine Dame offen ihre Schwäche gesteht und sich um Hilfe bittet, neigen Sie nicht dazu zu vermuten, dass sie im Hintergrund private Pläne hat, von denen sie Ihnen nichts erzählt. So wie Aglaé bereit war (da sie nichts dagegen tun konnte), sich eine Zeit lang mit Pharamond abzufinden , so war auch der Abbé bereit, Aglaé zu ertragen , bis er ganz mit ihr fertig war, und hatte immer weniger Zweifel daran, dass er, als sie nicht mehr nützlich war konnte den letzten Anstoß geben.

So planten die Intriganten, die jeder für sich selbst arbeiteten und ihre Batterien voneinander verdeckten, bis der günstige Moment zum Bruch kam. Wenn die Muse der Geschichte in diesem Moment nicht als Marplot eingegriffen hätte, kann man nicht sagen, in welche Richtung sich die Waage gewendet hätte, denn sie war gut ausbalanciert. Wenn Pharamond getäuscht wurde, wurde Aglaé auch getäuscht , denn sie konnte das Ausmaß des Schocks, den sie dem Marquis zugefügt hatte, nicht einschätzen. Er war zu schüchtern, um seine Gefühle offen auszudrücken, um zuzugeben, dass er echte Angst vor seiner Verwandtschaft hatte, weil er erkannte, dass sie manchmal skrupelloser sein konnte, als seine schwache Seele bereit war, in Betracht zu ziehen. Selbst willensstarke Männer haben kein Interesse daran, eine Lady Macbeth in der *Mènage zu haben* , die „die Dolche bereithält". Er klammerte sich an Aglaé , weil er ohne sie nicht auskommen konnte; aber gleichzeitig stützte er sich stark auf Pharamond . Ohne diese Muse der Geschichte hätte diese Geschichte vielleicht ein anderes Ende nehmen können. Die Pläne beider Verschwörer brauchten Zeit. So geschah etwas, das sie aufschreckte und die Lage völlig veränderte, denn ihnen wurde bewusst, dass das, was sie vorhatten, schnell erledigt werden musste, sonst musste es unterlassen werden. Das Schiffchen der Muse flog schnell über den Webstuhl. Es ereignete sich ein Ereignis, das wie ein Donnerschlag über das Land hereinbrach und in einem Lager Schrecken und Bestürzung verbreitete, im anderen jedoch wildesten Jubel auslöste. Gerüchte brachten die Nachricht, dass Ihre Majestäten aus Frankreich geflohen seien.

Die Situation war so ernst, dass es der Landseigneurie oblag, ernsthaft und sofort nach sich zu schauen. Pharamond lehnte Vereinbarungen privater Natur für den Moment notgedrungen ab und galoppierte hin und her, völlig damit beschäftigt, Vorschläge zu machen, Ratschläge zu erteilen und zu arrangieren. Der Marquis de Gange war, so sehr er Politik auch ablehnte, gezwungen, sich von seiner Unbeschwertheit und seiner Reue zu lösen. Er wurde ziemlich energisch; machte sich keine Sorgen mehr um seine Frau und vergaß sogar die Wanne. Der alte de Vaux galoppierte auf seinem Pony herbei, gefolgt von einer Schar getaufter Knappen, die, in feierlicher Versammlung im Bankettsaal von Lorge versammelt , stumm vor der Weisheit der Gouvernante dasaßen. Bei wichtigen Beratungen sind weise Berater beiderlei Geschlechts zu gewinnen, und Aglaé glänzte in allen Notfällen mit besonderer Brillanz. Ihr Verstand arbeitete so geschickt und praktisch, dass die Augen des entzückten Adels vor Ehrfurcht aufblitzten. Sie schworen im Chor, dass der Marquis ein glücklicher Mann gewesen sei, diese kostbare Perle gefangen genommen zu haben. Alle waren einverstanden und prägten ihm die Tatsache ein. Da es keine Gegenstimme gab, ließen seine unruhigen Ängste nach; Der Verdacht wich einer erneuten Bewunderung, in der die Angst durch Respekt gemildert wurde.

Es kam niemandem in den Sinn, Gabrielle zu konsultieren, und sie hatte auch kein Verlangen danach, konsultiert zu werden. Die weiße Chatelaine wusste nur zu gut, dass sie als Anführerin eine Versagerin war. Es genügte, um sich endlich mit betäubendem, zermürbendem Schmerz ganz sicher zu fühlen, dass Clovis sich überhaupt nicht um sie kümmerte.

für immer in die Flucht geschlagen worden , denn sie hatte gespürt, dass seine Höflichkeit unbeholfen und unwirklich war, eine Maske hinter der trägen Pflicht, Langeweile zu verbergen. Nun, wie schlimm das Schicksal auch war, das ihr in Zukunft widerfahren sollte, sie hatte alles verdient und würde es demütig als Buße hinnehmen. Es war böse, einen absichtlichen Versuch unternommen zu haben, das Leben zu zerstören, das nicht ihr gehörte. Jeden Abend und jeden Morgen betete sie inbrünstig um Verzeihung und schwor, dass sie von nun an versuchen würde, alles mit Hilfe der gewährten Unterstützung zu ertragen.

Plötzlich ertönte ein zweiter Donnerschlag, und die Sprengknappen schlossen sich ein, jeder in seinem eigenen Reich, unfähig, dessen Bedeutung zu begreifen.

Gerüchten zufolge hatte ein zweiter Haushalt beunruhigendere Auswirkungen als der erste. Ihren Majestäten war die Flucht nicht gelungen. Sie waren in Varennes gefangen worden und sollten von den Abgeordneten Barnave und Pétion nach Paris zurückgebracht werden . Der König und die Königin von Frankreich waren Gefangene! Tatsächlich befanden sie sich in der Obhut von König Mob – einem mächtigeren Machthaber als sie –, der sie in einem vergoldeten Gefängnis eingesperrt und den Palast der Tuilerien beschlagnahmt hatte. Für einen Moment hielten alle Teile der Gesellschaft inne und hielten den Atem an.

Wenn Louis und Marie Antoinette die Grenze überschritten hätten, wären sie an der Spitze einer rächenden Armee zurückgekehrt, die ihre Diademe gewaltsam ersetzt hätte. Aber Gefangene! – denn obwohl sie noch nicht so offen zur Rede gestellt wurden, war ihre Handlungsfreiheit geschwunden. Der unschuldige König, die unglückliche Königin, die heilige Madame Elizabeth, waren durch die Straßen der Hauptstadt gezogen worden, eine hilflose seltene Show, zur Freude des Volkes, wie das Pariser „Bœuf Gras" oder der Londoner Guido Fawkes! Der Abschaum selbst war von dem gewaltigen Spektakel so verblüfft, dass viele in Tränen ausbrachen, während andere sprachlos dastanden . Dann, als der Schock der Überraschung vorüber war, kam es unweigerlich zum Exzess, zum ungestümen Strecken unerprobter Gliedmaßen, zum ersten Mal frei. In einigen Teilen des Landes nahm dies die Form eines bedeutungslosen Umbruchs an, nur um die neu gewonnene Freiheit auf die Probe zu stellen. Schlösser unbeliebter Besitzer wurden geplündert und niedergebrannt. Die Wohnung der Familie de Vaux wurde etwas in Mitleidenschaft gezogen, und ihre Bewohner wurden um ihr Eigentum beunruhigt; Doch in einem kritischen Moment erschien Jean Boulot auf der Bühne und verurteilte die Randalierer verächtlich für ihre Feigheit. "Scham!" rief er: „Ihr seid in der Tat der Freiheit würdig, wenn ihr sie zum ersten Mal nutzt, um alte Männer und Frauen zu töten oder zu beleidigen! Als nächstes werdet ihr uns wohl einen Besuch abstatten und mit Brandmal und Heugabel die Schuld zurückzahlen, die ihr alle schuldet." die Marquise?" Die Menge gab von der Zerstörungsarbeit ab und zerstreute sich beschämt. Nein, nein – sie murrten. Jean Boulot war ein feiner Kerl, dessen Reden alle gerne hörten, aber seine Zunge war manchmal scharf und seine Worte bitter. Lorge angreifen ? Niemals. Was! die Heimat der weißen Schlossherrin, deren Hände stets ausgestreckt waren, um Gutes zu tun, und deren wunderschönes, trauriges Gesicht alle mitleidig seufzte?

Menschen sind von Natur aus so pervers, dass sie dazu neigen, sich auf Ergebnisse zu berufen, die anderen zu verdanken sind. Der Abbé und Mademoiselle Brunelle und mit ihnen der Marquis de Gange waren sich ziemlich sicher, dass die Straflosigkeit, die Lorge bei Angriffen genoss, auf die Stärke seiner Mauern und den Einfallsreichtum ihrer Taktik zurückzuführen war. Jeans Rede in Montbazon wurde ihnen nicht gemeldet – er war nicht der Typ, der sich seiner eigenen Taten rühmte, und sie waren zu verliebt, um zu erkennen, dass die blasse, schwache, zerbrechliche Frau, deren Zurückhaltung und Resignation Aglaé täglich auf die Palme brachte, die wahre Autorin war ihrer Sicherheit.

KAPITEL XIII.
Häusliche Chirurgie.

Es waren aufregende Zeiten – daran besteht kein Zweifel – sogar für eintönige Provinzbewohner, fernab vom hektischen Trubel. Das Netz auf dem Webstuhl der Muse wuchs so schnell, dass das Auge dem Schiffchen nicht folgen konnte. Sollten die Kriegshunde auf das Land losgelassen werden? Sollte das schöne Frankreich sowohl von außen als auch von innen vom Feind überfallen und zerrissen werden? Am 6. Juli appellierte der Kaiser von Österreich an die Herrscher, sich für die Auslieferung Ludwigs zu vereinen. Am 11. wurde in der Verfassunggebenden Versammlung eine formelle Forderung nach seiner Entthronung gestellt. Die Brüder Seiner Majestät waren fort, nachdem sie feierlich geschworen hatten, ihr Heimatland nicht zu verlassen; und der Auswanderungsstrom nahm täglich an Volumen zu. Der Kriegsminister gab bekannt, dass nicht weniger als neunzehnhundert Offiziere ihre Regimenter verlassen und geflohen seien. Es wurde verfügt, dass das Eigentum der Auswanderer zum Wohle der Allgemeinheit beschlagnahmt werden sollte. Unterdessen kam es weiterhin zu unregelmäßigen Unruhen in der Bauernschaft. Manchmal knurrten sie nur; Manchmal rannten sie wie Wahnsinnige umher und hinterließen, wie Heuschrecken, eine Spur der Zerstörung.

Dann wurde die Frage nach dem Geld, oder vielmehr nach dem Nicht-Geld, zu einer brennenden Frage. Im Oktober kam es zu einer Hungersnot und einem Stillstand. Die Landwirte weigerten sich, Papiere als Zahlungsmittel für Mais anzunehmen, und irgendwie gab es nichts anderes, mit dem sie bezahlen konnten. Die Bewohner von Lorge schauten wachsam zu und warteten auf eine Krise, von der sie nicht umhin konnten, dass sie unmittelbar bevorstand; und die beiden Verschwörer betrachteten ihre gescheiterten Pläne mit dem klopfenden Kummer von Ameisen, wenn jemand ihren Hügel betritt. Der Abbé und die Gouvernante konsultierten häufig, wobei jeder die Naivität der Kindheit annahm, während er mit wachsamen Augen die Position des anderen erkundete . Obwohl sie vorgaben, in einem Boot zu sitzen und es zu verstemmen, richtete sich die Aufmerksamkeit eines der beiden auf ein privates Boot (das geschickt vor den Blicken verborgen war), in dem das andere keinen Sitzplatz finden sollte und das straff und fit gemacht werden musste, um dem Schiff zugewandt zu sein kommender Sturm.

Die Überzeugung, dass es zahlreiche Lecks gab und keine Zeit für aufwändige Operationen blieb, bedrückte beide; Ein prophetischer Instinkt flüsterte, dass die Materialien, die zur Hand waren, dienen müssten, sonst würden ihre zerbrechlichen Muscheln zerbrechen und auf den Grund sinken, wenn der Wind bald zunahm.

Die Marquise de Gange war der Dreh- und Angelpunkt der Pläne beider Verschwörer – die lustlose Dame, die sich nicht weiter für die Geschehnisse der Welt interessierte; die, gleichermaßen von Familienräten und häuslichen Interessen ausgeschlossen, sich der Andacht und dem Almosengeben hingab.

Da es sich bei der Zeit um einen so kostbaren Gegenstand handelte, kam es beiden Intriganten so vor, als sei das Opfer in einen für die Operation günstigen Zustand gebracht worden, der ohne langes Warten erreicht werden konnte. Aller Wahrscheinlichkeit nach würde es bald notwendig werden, dem Strom der Auswanderung zu folgen und Frankreich im Stich zu lassen, bis die Saturnalien, die das Mutterland erschütterten, vorüber wären. Nun war Pharamond klar , dass umsichtige Menschen sich auf jedes Schicksal vorbereiten müssen. Wenn Gabrielle seine Bedingungen akzeptierte, wozu sie bei Überlegung zweifellos fähig sein würde, war es klar, dass er und sie eines Tages stillschweigend durchbrennen würden und es dem Ehemann und seiner Verwandtschaft überlassen würden, dies zu spät zähneknirschend zu entdecken die goldene Gans war weg. Eine geschickte Zurschaustellung von Mitgefühl, vielleicht gepaart mit einem sanften und künstlerischen Hauch von Zwang, würde dies bewirken. Wenn der Moment der Abreise kam, folgte sie ihm, und von einem sicheren Standpunkt aus konnten Annäherungsversuche an den Marschall hinsichtlich der Finanzfrage gemacht werden. Natürlich wäre sie nach dem, was sie dort erlitten hatte, nur allzu froh, dem trostlosen Schloss den Rücken zu kehren, das für sie ebenso abscheulich sein musste wie für ihn. Was mit dem verliebten Clovis und dem unverschämten Aglaé geschah , würde keinen von ihnen mehr interessieren.

Mademoiselle Brunelle hingegen sah in Gabrielles Zustand der Gleichgültigkeit die steinerne Taubheit einer Verzweiflung, die ein wenig Druck zur gewünschten Lösung führen würde. Sie würde die hasserfüllte Welt zu unerträglich finden und sie verlassen. Nachdem das Hindernis beseitigt war, beschloss Aglaé, die Ängste des schüchternen Witwers mit geschicktem Fingerspitzengefühl auszuräumen. Sie würde ihm klar machen, dass Jeremiaden über das, was getan wurde, nutzlos waren, oder dass sie auf jeden Fall mit gutem Gewissen aufgeschoben werden konnten, bis seine Haut jenseits der Grenze in Sicherheit war. Es ist eine erste Pflicht, sich um die Haut zu kümmern. Nachdem sie Gabrielle aus dem Weg geräumt hatte, hinderte nichts ihren Nachfolger daran, Chlodwig mit starker Hand in Besitz zu nehmen und ihn zu den anderen Adligen zu entführen. Dies muss mit Schnelligkeit , Geheimhaltung und diplomatischem Geschick geschehen . Es muss ein genau günstiger Zeitpunkt gewählt werden. Das Schicksal des zurückgebliebenen Abbé und des Chevalier würde die zukünftige Marquise de Gange in keiner Weise beunruhigen .

So mancher kluge Kriminelle lässt beim Flechten eines Seils zu seiner Befreiung einen Strang kaputt und bricht sich im Graben das Bein. Der Stolz und die Zartheit der Marquise hatten sich immer davor gescheut, Chlodwig Undank zu tadeln oder ihren Reichtum als Waffe zur Selbstverteidigung zu nutzen . Mit dem Elend geht Gleichgültigkeit gegenüber Pelf einher. Was bedeutete ihr Geld, außer dem, was sie für ihre Armen brauchte? Da Clovis und seine Lieben ohne sie völlig auskamen und sie offensichtlich nicht haben wollten, was wäre ihr dann besser, wenn sie am Geldbeutel zuckte? Da das Thema, da es ziemlich unangenehm war, nie angesprochen wurde, hatte die Gouvernante nie erfahren, dass die Quelle des Wohlstands Gabrielle war und dass, wenn die Frau vor dem Tod des alten de Brèze ins Grab sinken würde, der Ehemann würde jede Hoffnung aufgeben, die Einnahmen in die Hand zu nehmen.

Pharamond und Aglaé sahen, wie dringend es war, einen Aktionsplan auszuarbeiten, der das drohende Chaos abwenden sollte, beschlossen sie heimlich und unabhängig, ein privates Gespräch mit der Marquise zu suchen, das den Weg zu einem aus ihrer Sicht wünschenswerten Ergebnis weiter ebnen sollte oder, wenn das Schicksal es gnädig erweist, die Sache der Zukunft entscheiden.

Der Erste auf dem Feld war Pharamond , der plötzlich um das Wohlergehen seiner Schwägerin besorgt war und an die Tür ihres Boudoirs klopfte.

„Meine gesegnete Gabrielle!" schrie er und schüttelte schelmisch einen Finger. „Du bist sehr, sehr ungezogen, und ich bin gekommen, um dich zu schelten! In einer Zeit, in der wir alle zusammenhalten sollten, meidest du uns, als ob wir die Pest hätten, und meidest die Familienräte. Weißt du nicht, was passiert? Das Wir basteln alle mit aller Kraft daran, unsere Arche auf die Sintflut vorzubereiten? Ich bin mir sicher, dass die Familie Noah einig gewesen sein muss , sonst hätten sie es nie geschafft, all diese Tiere anzukündigen. Denken Sie nur daran, was für ein Genie in Sachen Organisation Einige von ihnen müssen es gehabt haben! Ein Paar von jedem nach seiner Art! Ich erkläre, dass die Käfer und Fliegen allein mich in einen Zustand des Wahnsinns versetzt hätten!"

Gabrielle lächelte jetzt nicht mehr über die Persiflage des Abbés .

verhüllten Gesichtsausdruck von ihrem Buch auf, der aussah, als würde er sich von jenseits der Tore widerspiegeln, „dass die Welt und ich uns getrennt haben. Trauer ist ein langsamer und schmerzhafter Tod, der uns in Anspruch nimmt." Vorrat an Ausdauer."

Das war nicht ganz die wünschenswerte Stimmung, mit der Pharamond gerechnet hatte. Die Schraube wurde zu weit gedreht und muss gelöst werden.

„Dieser schmuddelige Ort geht einem auf die Nerven, und das ist kein Wunder", sagte er. „Ein Luft- und Szenenwechsel wird Sie wieder auf die Beine stellen."

Sie blickte den Abbé überrascht an. „Szenario- und Szenenwechsel!" Sie fürchtete, er sei gekommen, um ihr ein Ultimatum zu fordern.

„Was würden Sie sagen", schlug er vor, „zu einer Tournee in der Schweiz, mit jemandem, der Sie glücklich machen würde?"

„Niemand wird mich jemals glücklich machen", erwiderte sie gefasst, „und doch habe ich mir eine Veränderung gewünscht – möchte von hier weggehen –"

„A la bonheur", murmelte der Abbé vor sich hin.

„Dort, wo ich hingehen wollte, könnte ich zufrieden sein; aber so sehr ich mich auch danach sehne, gibt es erdgeborene Bindungen, die mich trotz meines Urteilsvermögens in diesen Mauern festhalten."

„Eine Feige für solche Bindungen!" rief Pharamond voller Überzeugung. „Clovis hat sich auf eine schändliche Weise verhalten, und Sie werden völlig berechtigt sein, ihn nicht mehr in Betracht zu ziehen. Eine andere Frau nimmt Ihren Platz ein. Wenn ich mich nicht irre, jemand, der so stolz ist wie Sie, würde sich nicht herablassen, sie mit einer Fingerbewegung von dort wegzustoßen. " Clovis hat sich durch seine eigenen Taten in eine andere Position gebracht. Er ist außergerichtlich. Die Adligen verlassen Frankreich in Scharen. Die allgemeine Vorsicht gebietet Ihnen, ihm zu folgen."

„Ich habe nie daran gedacht, Frankreich zu verlassen", sagte die Marquise kalt.

„Will Clovis gehen? Ich habe mehr als einmal darüber nachgedacht, ihn zu bitten, mir zu erlauben, mich in ein Kloster zurückzuziehen. Ich weiß nur zu gut", fügte sie müde hinzu, „dass es ihm nicht leidtun würde, wenn ich von meiner Anwesenheit entbunden würde. Aber Ich habe nicht die Kraft, mich von den Kindern zu verabschieden. Obwohl sie mir durch schlechte Künste entfremdet wurden, genießen sie meine ganze zielstrebige Liebe, und es ist meine Pflicht, über ihr Wohlergehen zu wachen."

Ein Kloster! Pah! Wie viel Geschwätz vom Leben in der Klausur, gekühlt von Tristesse und Enttäuschung! Das arme Ding war sehr einsam – reif für vernünftigen Trost.

„Ihre Erzieherin widmet sich den Kleinen und liebt sie", sinnierte Gabrielle und seufzte traurig. „Wäre mir nicht sicher, dass ich etwas Verzweifeltes tun würde? Es wäre zu viel – ich könnte es nicht ertragen!"

„Entschuldigen Sie meine respektlose Heiterkeit", lachte Pharamond , „aber Ihr Projekt ist zu lustig. Was ! und neue Interessen sind äußerst nützlich. In deinem verzweifelten Zustand würdest du im lebenden Grab des Klosters in einem Monat zu einem hysterischen *Krampf werden* – ein passendes Thema für Mesmers Wanne! Nein, nein, die Welt wird ihren schönsten Schmuck nicht verlieren, zu lange außerhalb Ihrer Reichweite versteckt. Ich bin jetzt als Ihr wahrer Freund hier, um Ihnen rechtzeitig Rat zu geben. Der Aufenthalt in Frankreich ist vorerst mit Gefahren behaftet. Ich schlage vor, Sie an einen sicheren Ort zu begleiten, an dem Sie frei sind vor Belästigung. Es wird niemanden geben, der dich beunruhigt oder quält, wie es diese beiden getan haben. Als dein Vater erfährt, dass du dazu veranlasst wurdest, einer unmöglichen Existenz zu entfliehen, wird er sich uns zweifellos anschließen, und ich gelobe meine Ehre, dass die Kleinen ihm folgen werden ."

Gabrielle hatte trübsinnig zugehört, den Kopf auf die Hand gestützt, so wie man einer Geschichte lauscht, die allzu oft erzählt wird. Aber als sie die Kinder erwähnte, zuckte sie zusammen, und der Abbé schmeichelte sich, dass er ins Schwarze getroffen hatte. Er hatte nicht darüber nachgedacht, wie er die Kleinkinder sichern könnte, aber wenn ihre Anwesenheit als verlockender Köder unerlässlich war, dann konnten sie leicht entführt werden.

„Siehst du, liebe Gabrielle", flüsterte der Abbé, zog seinen Stuhl näher und legte eine überzeugende Hand auf ihren Arm, „dass ich an alles gedacht habe. Wir werden uns auf den Weg in die Schweiz machen, wo du und ich und die Engel im Paradies wohnen werden. " Der Marschall ist nicht streng, Gott sei Dank, wie sollte er sein? Und wenn er Sie ganz glücklich sieht, wird er zufrieden sein. Sie sind zu moppig, um selbst zu handeln . Sagen Sie das köstliche Wort, und ich werde dafür sorgen, dass alles in Ordnung gebracht wird funkelnd."

Er wartete auf eine Antwort, aber sie kam nicht. Die Marquise, in sein Wortbild vertieft, lächelte sanft. Sie war außer sich – zu deprimiert, um eine Entscheidung zu treffen. Dies war der Moment für eine winzige Drehung der Schraube, wie ein mikroskopischer Stich aus einem Sporn.

„Ich sehe, dass du nachgedacht hast und dass du die beste Wahl getroffen hast. Das ist gut so. Erinnerst du dich an meine Worte, bevor ich wegging? genommen verhärtet sich zu Hartnäckigkeit. Mein sollst du sein, und mein wirst du sein; weiteres Kämpfen ist also nutzlos."

Immer noch keine Antwort; Dennoch hatte sie guten Gewissens genug Zeit gehabt, um zu erkennen, dass es kein Entrinnen gab. Der Abbé , der sich seiner Beute ganz sicher war, rückte noch näher heran, bis er den Duft ihres Haares einatmen konnte.

„In der Tat bin ich es und kein anderer, der dir die Liebe beibringen soll, meine Gabrielle", flüsterte er zärtlich. „Es steht geschrieben! Auch mir wird das Privileg zustehen, die Kinder in deine Obhut zurückzugeben. Du bist mir nicht böse, weil ich dich für eine Weile von ihnen getrennt habe? Du weißt genau, dass ich das, was ich getan habe, rückgängig machen kann. Ha ! Dein Busen hebt sich! Du gibst endlich nach! Wurde jemals eine Frau so seltsam umworben – und gewonnen!"

Es war eine Lieblingstheorie des Abbés (die, wie viele andere plausible Theorien auch, einen Haken hatte), dass im Streit zwischen zwei zwangsläufig der Schwächere untergehen müsse. Ein weibliches Herz, argumentierte er, müsse sich zwangsläufig geschmeichelt fühlen, wenn seine Zitadelle von unermüdlicher Beharrlichkeit belagert werde. Der Abbé strahlte, denn er zweifelte nicht daran, dass sein scharfer Angriff auf durch langwierige Strategie untergrabene Stadtmauern Erfolg haben würde und dass er den Lohn seiner Bemühungen ernten würde.

Gabrielle erhob sich langsam von ihrem Platz, mit geröteten Wangen und funkelnden Augen; aber nicht in seine ausgestreckten und erwartungsvollen Arme zu fallen.

„Abbé", sagte sie und umfasste ihren Busen mit den Händen, „du gibst zu, dass du es warst, der uns getrennt hat. Was deine geniale Grausamkeit als nächstes erfinden wird, fürchte ich zu denken. Du hast gut daran getan, meine Lieben beim Namen zu nennen. Aber für sie du." Du hättest vielleicht Deinen Willen durchsetzen können, da es mir egal ist, was aus mir wird. Du würdest mich überreden, mit Dir zu fliegen und sie als Lockmittel anzubieten? Ein schwerer Fehler, Abbé ; sie sind mein Schild! Sie werden erwachsen, Ein blühender Jüngling und ein blühendes Mädchen werden nach und nach lernen, diese schmutzige Welt einzuschätzen. Was würden sie, denken Sie, von einer Mutter halten, die ihr Zuhause und ihre Ehre aufgegeben hat, um einen Sohn der Kirche zu befriedigen ? "

Das Leuchtfeuer aus grüngrauem Licht, das der Chevalier so gut kannte, leuchtete für einen Moment auf und verschwand. Mit einer Woge ohnmächtiger Wut begann der Abbé zu begreifen , dass er sich in seinen Berechnungen möglicherweise geirrt hatte; dass einige leidgeprüfte und scheinbar wehrlose Frauen eine okkulte Kraft besitzen, gegen die ein Wille aus gehärtetem Stahl vergeblich antreten kann; und der Verdacht einer Niederlage im Augenblick des erwarteten Sieges jagte einen Zorn in sein Gehirn, der ihn schwindelig machte.

"Aufpassen!" murmelte er heiser. „Dass ich bereits getan habe, ist nichts! Ich habe dich lange umworben, und am Ende wirst du nachgeben – ich schwöre es!"

„Bosheit und Einbildung stören deinen Verstand", antwortete Gabrielle mit einer Ruhe, die seine Wut steigerte. „Die Schlauen und Skrupellosen gehen oft zu weit. Darin liegt die Erlösung derer, die nichts als Unschuld als Rüstung haben ."

Sie blickte ihm mit so ständiger Verachtung ins Gesicht, dass sich seine zwielichtigen Augen vor ihren senkten. Es war für Pharamond ein Schock, dass sie, die er durch eine geschickte Mischung aus Bitterem und Süßem zu beherrschen geglaubt hatte, nicht die geringste Angst vor ihm hatte, obwohl sie nur zu gut wusste , dass er zur Befriedigung seiner Leidenschaften zu nichts greifen würde. Nach und nach hatte er ihr die Freuden des Lebens entzogen, und der langsame, grausame Prozess hatte seine Schwertschneide verändert. Die Überzeugung, dass sein gerühmtes Wissen über den weiblichen Organismus Mondschein war und dass der Fehler, in den er geraten war – und der vor seiner eigenen Tür liegen musste –, möglicherweise unheilbar war, ärgerte und demütigte ihn. Jetzt war er verblüfft, da er alles für sicher gehalten hatte; mit vernichtender Verachtung gezeigt werden, dass er niemals seinen Willen durchsetzen würde! Es war zu spät, ein neues Kapitel aufzuschlagen und noch einmal von vorne zu beginnen. Und die unmittelbare Zukunft ist so bedrohlich düster! Ein so kühler, absichtlicher und unerwarteter Widerstand machte seine Pläne mit einem Schlag zunichte. Also. Er mag verblüfft sein, aber sie sollte den Tag bereuen. Sollte sie sich im Duell als Siegerin erweisen, würde er diese Frau mit einer Bitterkeit wie von Galle verfluchen! Ist es möglich, gleichzeitig zu lieben und zu hassen? Als Pharamond die große Gestalt und die trotzige Haltung der Marquise betrachtete, prickelte sein Verlangen nach ihr in allen Nerven, und doch hasste er sie für diese Miene hartnäckiger Verachtung. Sie sollte diesen Tag bereuen – oh ja, sie sollte ihn bereuen! Es sollte eine äußerst geniale Vergeltungsmaßnahme entwickelt werden. Die stolze Schönheit sollte ausgepeitscht werden, bis jedes Glied zitterte. Sie hatte gestanden, dass sie seine erfinderischen Kräfte fürchtete; Sie sollte ihre Wirkung spüren, und zwar schnell.

Gabrielle konnte offenbar sein weißes und rachsüchtiges Gesicht erkennen. Ohne zu erbleichen, bemerkte sie traurig: „Ich habe es ganz willkürlich gesagt, als ich sagte, dass ich mich vor dir fürchte; was gibt es für mich noch zu fürchten? Ich bin den steinigen Pfad des schwarzen Tals des Schattens entlang gegangen, und zwar dank dir." , nichts kann mich jetzt beeinflussen. Ich fordere dich heraus, dein Schlimmstes zu tun. Nachdem ich meine Kinder und meinen Ehemann verloren habe, was bleibt mir dann noch zu ertragen? Was auch immer du dir ausdenken magst, ich werde dem

Himmel für die Bürde als barmherzige Sühne für meine Sünden danken
Sünde."

„Du spottest über meine Liebe und trotzst meinem Hass!" erwiderte der
Abbé und bemühte sich, seine Stimme unter Kontrolle zu halten. „Du hast
das Eine endgültig abgelehnt und wirst zum ersten Mal das Andere kennen
lernen."

„Ich verachte beides. Für mich bist du ein abscheulicheres Reptil als die
aufgedunsene, abscheuliche Kröte, vor der wir instinktiv zurückschrecken.
Dein giftiger Atem vergiftet die Luft; dein Vampirgesicht beleidigt Gottes
Bild. Anstelle der abscheulichen Sache, die du Liebe nennst, und was ich zu
Recht verschmäht habe, bieten Sie Hass an? Umso besser. Je ehrlicher ich es
akzeptiere."

„Du hast dein eigenes Urteil gesprochen. Es wird der Tag kommen, an
dem du um Gnade bitten und keine finden wirst!"

"Gehe niemals!"

Mit einem Stirnrunzeln und einer großartigen Bewegung ihres
unvergleichlichen Arms zeigte Gabrielle auf die Tür. In der Aufregung der
Empörung und des Trotzes war die Marquise schöner als je zuvor.
Pharamond krümmte sich vor Verlangen und Wut. Sie sollte ihm gehören –
notfalls mit Gewalt; aber sein-- sein ! Und danach würde er sie, um sich für
diese Verachtung zu rächen, in die Gosse werfen, damit sie dort verfaulen
würde! Bis ins Innerste gequält, zerrissen von rasender Leidenschaft und
zugleich bösem Willen, verneigte sich der Abbé mechanisch und verließ mit
finsterer Miene den Raum.

Wenn er gesehen hätte, wie schnell sie zusammenbrach, als sich die Tür
schloss, hätte er vielleicht noch einmal gehofft, denn sie war ein
zerbrechliches Geschöpf, getragen von Stolz und einer reinen Liebe, die
außerhalb seiner schmutzigen Vorstellungskraft lag.

„Was wird er tun? Was wird er tun?" sie stöhnte zitternd, als sie sich auf
einen Sitz hockte. „Welche abscheuliche Form wird seine Rache annehmen?
Soll ich den Schutz meines Mannes anflehen?"

Und dann dachte sie düster über den besagten Ehemann nach, da sie ihn
endlich kennengelernt hatte. Durch und durch egoistisch und selbstgefällig –
auch herzlos, sonst konnte er die Leiden seiner Frau nicht mit so
vollkommenem Gleichmut betrachten. Es stimmt, er wusste wenig über sie
und machte sich weniger Sorgen. Hätte er sie nicht wieder aus seinem
Gedächtnis verbannt , könnte er ihr Leiden nur wahrnehmen. Er war in diese
schreckliche Frau verliebt und wurde von seinem heimtückischen Bruder
noch mehr in die Irre geführt. Von ihm oder überhaupt von irgendjemandem

war keine Hilfe zu erwarten . Sie hatte sich dem Abbé mutig widersetzt . Würde man ihr die Kraft geben, zu kämpfen? Ach, leider! Wusste sie nicht zu gut, dass sie nicht zum Kämpfen geschaffen war? Wo kann man dann Hilfe suchen? Sie erhob sich, ging langsam im Zimmer auf und ab und dachte, der Himmel sei grausam. Warum ließ man sie nicht sterben? Sicher ist es eine lässliche Sünde, etwas aufzuschieben, was man nicht ertragen kann? Wir können mit dem Instinkt, mit dem wir ausgestattet sind, selbst spüren, dass die Last zu groß ist. Der Himmel ist mit anderen Dingen beschäftigt – zu gleichgültig, um zu wissen oder sich darum zu kümmern, was wir armen Zwerge fühlen. Sie blieb vor einem Spiegel stehen und schüttelte den Kopf, als sie das blasse und abgespannte Spiegelbild sah . „Oh! verhängnisvolles Geschenk der Schönheit", murmelte sie, „das die Menschen anzubeten vorgeben und schwören, dass es ein Blick auf das Paradies ist. Es ist ein Geschenk des Teufels; denn seine Aufgabe besteht darin, die schmutzigsten Hefen der niederträchtigen menschlichen Seele und Gesellschaft aufzurühren." sie eitern.

Was sollte sie tun – was erwartete sie? Vielleicht hatte er bereits einen neuen Plan erfunden und in die Tat umgesetzt, um sie zu foltern. Hätte sie, da sie nur ein hilfloser, sturmgepeitschter Spieler des Schicksals war, besser daran getan, sich zu ergeben und sich auf ihre Schwäche und seine Stärke zu berufen? Hätte er die Cherubim nicht berührt, wäre sie vielleicht vor großer Erschöpfung nachgegeben worden; aber sie waren, wie sie erklärt hatte, ihr Schutzschild. Sie wünschten nicht, dass sie in andere Hände überführt würde, und kümmerten sich auch nicht darum, und doch standen sie zwischen ihr und dem Abgrund. Dann fielen ihr Victor und die hübsche Camille ein. Als sie erwachsen waren, suchten sie ihre Mutter. Würden sie das nicht tun? Wenn nicht, warum leben? Besser – viel besser – zu sterben. Ja: Der Himmel war grausam – sehr, sehr grausam!

ahnte nichts von dem Vorgehen des Abbés und beschloss noch am selben Morgen, auf eigene Faust zu operieren. Sie machte sich mutig auf den Weg zum Boudoir und trat ohne anzuklopfen ein. Gabrielle zuckte zusammen und trocknete ihre Augen. Die Frau wagte es, in ihr Heiligtum einzudringen. Für welchen Zweck? In ihrem angespannten Zustand verzweifelter Nervosität schien es Gabrielle, dass die Gouvernante genauso böse und bedrohlich aussah wie der Abbé .

Tatsächlich hatte sie eine säuerliche Locke um ihre Lippen, die nicht angemessen war. Die Marquise, weiß wie ein Laken, in Tränen? Sie heult sich in der Einsamkeit die Augen aus – der jammernde Idiot! Dass ein so schwaches und verächtliches Hindernis zwischen ihr und ihrem Ehrgeiz stehen durfte, war absurd. Nun, dem Opfer sollte der Schlüssel gegeben werden, der es dazu bewegen sollte, sich vom Tatort zurückzuziehen.

„Ich möchte mit Ihnen über Angelegenheiten sprechen", begann Aglaé
. „Da Sie mich nicht zum Sitzen auffordern, werde ich mir selbst einen Stuhl
aussuchen."

dies sagte, ließ sie sich auf dem einladendsten Sofa nieder und nahm eine
Pose geübter Unverschämtheit ein.

„Ich gratuliere Madame zu ihrer Demut", bemerkte die Gouvernante mit
ihrem rollenden Bass und einem herablassenden Kopfschütteln. „Die
christlichen Tugenden sind leider gerade jetzt bei Menschen Ihrer Geburt
und Erziehung selten."

„Wem verdanke ich diesen Besuch?" fragte die Marquise und streckte
ihre Hand nach dem Glockenseil aus.

„Klingeln Sie nicht, Sie werden es bereuen", erwiderte der andere. „Um
unser aller Wohl willen möchte ich nicht, dass Sie von den Hausangestellten
verachtet werden, wenn ich es verhindern kann. Sie sind so apathisch
gegenüber der bewegenden Geschichte, die vor Ihrer Nase geschrieben wird,
dass ich gezwungen bin, Ihren beklagenswert verdunkelten Geist
aufzuklären. Es Es ist durchaus möglich, dass wir es bequem finden, Lorge
zu verlassen, bis der drohende Sturm vorüber ist. Auf Wunsch des lieben
Marquis werden ich und die süßen Kinder ihn in die vorübergehende
Verbannung begleiten, und es wird notwendig zu wissen, was Madame in
Zukunft tun wird dieser Eventualität. Natürlich ist sie frei und kann gehen,
wohin sie will, und der Marquis ist zu gut und großzügig, um nicht dafür zu
sorgen, dass für sie gut gesorgt wird. Für Madame ist es das Beste zu wissen,
dass ihre Anwesenheit bei uns dies aus verschiedenen Gründen tun würde
Gründe, unbequem zu sein – in der Tat darauf angelegt, einen Skandal
hervorzurufen, den Madame um des Herrn und der Kleinen willen
vermeiden möchte."

Welche Schlange raschelte da unter den Blättern?

„Ist das eine Botschaft des Marquis de Gange ?" fragte Gabrielle.

„Seine und meine Interessen sind identisch geworden", sagte
Mademoiselle gedehnt, „wie Madame zweifellos weiß, und wenn ich spreche,
gilt das für beide."

„Ich werde selbst zu ihm gehen!" rief die empörte Marquise mit
zitternden Lippen, „Er sollte wissen, dass zwischen ihm und seiner Frau kein
Botschafter nötig ist."

Aglaé hob ihre buschigen Brauen und lachte, als sie kritisch die
Espenfigur vor ihr betrachtete.

„Wie bedauerlich, dass Madame sich nicht für das interessiert, was vor sich geht", rief sie aus. „Sie weiß so wenig über ihren Mann, dass sie nicht weiß, dass er geschäftlich nach Blois gereist ist und erst morgen zurückkehren wird."

Konnte Clovis wirklich niedrig genug gewesen sein, eine solche Mission der Gouvernante anzuvertrauen, während er selbst wie ein Feigling davonlief? Wollte er jedes Blatt ihrer wahren Liebe vernichten, das noch ums Überleben kämpfte? Sie konnte es selbst jetzt kaum glauben.

„Madame sollte besser zuhören und ruhig bleiben", schlug Aglaé vor . „Es ist immer besser, ruhig zu bleiben."

„Wohin sie auch gehen, mein Platz ist bei meinem Mann und meinen Kindern", antwortete die Marquise würdevoll.

„Kann Madame nicht eine störende *Nuance wahrnehmen* , die an einem anderen Ort ihre Lage unbequem machen könnte?"

„Genug dieser Unverschämtheit", erwiderte der andere streng. „Du vergisst, dass du mein Diener bist, der nach Belieben entlassen werden kann. Sprich klar und knapp, sonst lasse ich dich von den Dienern hinauswerfen."

„Unverschämt, oder?" rief Mademoiselle und verlor die Beherrschung. „Da Sie es wünschen, werde ich Klartext sprechen. Hier, innerhalb dieser dürren grauen Mauern, betrifft das, was drinnen passiert, niemanden außerhalb; aber wenn wir fliegen müssten – was sich als nützlich erweisen mag oder auch nicht –, werden wir in einem wohnen öffentlicher Ort, wo andere unsere Taten kritisieren werden . Man wird sagen, dass die Marquise de Gange ein bösartiges Geschöpf ist, das ihr Brot aus Duldung am Tisch eines Mannes isst, der sie hasst, und seiner Geliebten, die sie verächtlich behandelt . Das wird man von der hübschen Puppe mit dem leeren Kopf sagen, die zu dumm war, um ihren Platz als regierende Schönheit von Paris zu behaupten. Man wird auch sagen, dass es ihr schlecht und gemein sei, ihren eigenen Nachwuchs im Stich gelassen zu haben an die Herrin, um sie nach ihren Vorstellungen zu formen . Madame wird jetzt wahrscheinlich erkennen, dass ihre Anwesenheit bei uns, wo auch immer außer in der Privatsphäre von Lorge , eine bleibende Quelle des Skandals sein wird."

Seine Geliebte! Die dreiste Unglückliche! – gestand – nein, gerühmt – in ihrer Schande; und die unglückliche Frau hatte sich so sehr bemüht zu glauben, dass zwischen ihnen nichts als *Kameradschaft* herrschte .

„Du böse, böse Frau!" Gabrielle keuchte und würgte. „Ich habe dir bewusst nie etwas anderes als Freundlichkeit erwiesen. Du bist ein Teufel."

„Ein Teufel!" wiederholte Aglaé amüsiert und streckte sich üppig mit lockeren Gliedmaßen, wie es die Tigerin tut, während sie weiterging.

„Jeder weibliche Umschlag enthält einen Engel und einen Teufel, die miteinander kämpfen; wer die Herrschaft erlangt, hängt von den Männern ab, die, wie ich leider sagen muss, normalerweise von den niedrigsten Motiven geleitet werden. Das ist eine grundlegende Lektion, die ich Camille meiner Meinung nach beibringen werde. I Ich werde der Liebsten viele seltsame Dinge beibringen, bevor ich mit ihr fertig bin.

Ein Treffer – ein spürbarer Treffer, der direkt ins zitternde Tor ging. Es war eine Tatsache, dass die Zukunft unserer Lieben in der Obhut dieses Monsters lag. Sie war genauso böse wie der Abbé . Wenn es ihr passte , würde sie keine Skrupel haben, den Samen des Lasters in ihre weißen Seelen zu säen. Wie entsetzlich! Sich selbst immer vergessend, bemühte sich die Mutter um Trost in der Gewissheit, dass diejenigen, die sie vergötterte, gut beschützt wurden, auch wenn sie aus Eden vertrieben wurde. Das Verhalten der Frau gegenüber den Kindern sei tadellos gewesen: Sie habe sie liebevoll behandelt; Aber als Gabrielle sie jetzt so kannte, wie sie wirklich war, konnte sie mit einem Schauer der Bestürzung feststellen, dass sie nicht von solchen Skrupeln belastet war, die gewöhnliche Sterbliche in Schach halten würden; wurde allein von der Zweckmäßigkeit bestimmt.

Die Marquise saß eine Weile bewegungslos da, aber ihre Rivalin zögerte nicht, mit Befriedigung die überaus blasse ihrer Lippen und das Entsetzen in ihren aufgerissenen Augen zu bemerken. Dass der Schwerthieb zu tief eingedrungen war, entging ihr. Sie konnte nicht erkennen, dass das ganze Wesen des Opfers einer so heftigen Erschütterung ausgesetzt war, dass es zu einem ganz anderen Ergebnis gekommen war, als sie erwartet hatte. Der Mut, der ihr zu ihrem eigenen Beistand fehlte , konnte für andere geweckt werden, die sie mehr liebte als sich selbst. Es war wie durch ein Wunder, dass plötzlich ein nackter und wehrloser Kämpfer in eine Rüstung gehüllt wurde .

Aglaé saß da und war sich darüber im Klaren, dass man, nachdem man einen überzeugenden Standpunkt dargelegt hat, zulassen sollte, dass er Wirkung entfaltet. Sie wartete und nutzte die Zeit, indem sie darüber nachdachte, was sie tun würde, wenn sie verheiratet wäre. Es wäre angenehm, jedes Jahr etwa einen Monat lang Chatelaine zu spielen, selbst im düsteren Lorge , sobald das Land zur Ruhe kommt. Das zerschlagene Ding auf dem Sofa dort wurde unter der fünften Rippe getroffen, würde bald in ein Dickicht taumeln und umkommen, wie es beabsichtigt war. Was für ein geschickt ausgedachter Streich es gewesen war, auf die Verdorbenheit der Wunderkinder hinzuweisen – ein Schlag wie mit einem Vorschlaghammer, die Entschuldigung für den Verstand einzuschlagen, der solch verabscheuungswürdigen Objekten zuteil wurde.

Gabrielle verharrte so lange in scheinbarer Erstarrung, während sich das medusanische Entsetzen in ihrem Gesicht dauerhaft verfestigte, dass der

Feind ungeduldig wurde. Es ist unanständig, wenn sich der geplagte Hirsch dort hinlegt, wo er geschossen wird. Anstand befiehlt ihm, sich im Farnkraut zu verstecken – irgendeine Bewegung zu machen, um seine Qualen zu verschleiern. Da Gabrielle zu niedergeschlagen ist, um eine Bewegung zu machen, muss sie mit einem elektrisierenden Stich aufgewühlt werden.

„Wir werden eine Vereinbarung treffen", schlug Mademoiselle fröhlich vor, „ohne unseren lieben Marquis in dieser Angelegenheit zu belästigen. Gehen Sie irgendwohin – an einen schönen Ort, den wir niemals besuchen werden, und ich werde versprechen, auch nie etwas Unartiges zu lehren." an Victor oder Camille. Weigere dich, und – na ja – hm!"

„Oh! die böse, böse Frau!" rief die Marquise innerlich. „Irgendwo muss es eine Hölle geben, in der solche bösartigen Schurken bestraft werden ." Aber in ihrer neugeborenen Kraft, deren Besitz unerklärlich und erstaunlich war, war sie in der Lage, traurig zu lächeln und ohne Zittern in ihrer Stimme zu sagen: „Wenn Sie möchten, werden Sie mich jetzt verlassen und mir Zeit geben." denken."

Das war vernünftig und obendrein wünschenswert. Je mehr sie nachdachte, desto besser wurde ihr klar, dass sie eingeengt und aufgelöst war; dass ein gewisser Werry auf der Flut schaukelte, unter der sich ein weiches Bett vorbereitete.

„Auf jeden Fall", erwiderte der Feind mit Gutmütigkeit. „Nehmen Sie sich Zeit, mein Lieber; aber Sie dürfen nicht zu lange mit der Entscheidungsfindung warten. Ein kleiner freundlicher Rat, bevor ich gehe: Wenn *unser* Clovis morgen zurückkommt – denn seltsamerweise gehört er vorerst *uns* –, sagen Sie besser nichts , du hast ihn schon genug angeekelt."

Damit winkte sie leicht zum Abschied, und schon bald war ihre Bassstimme im Korridor zu hören, begleitet von den freudigen hohen Tönen ihrer schreienden Schützlinge, die sich austobten.

Was für ein Erlebnis – ein Tag, um das Gehirn zu verbrennen und die Haare mit Silber zu bleichen. Gabrielle, die Hände fest auf dem Rücken verschränkt, schritt tief in Gedanken versunken, ganz ruhig und beherrscht, den langen Salon auf und ab. Die Zeit des impulsiven Stöhnens und der wilden Raserei war vorbei. Die schläfrige Vernunft stand aufrecht und wachsam auf ihrem Thron. Um jeden Preis, den sie selbst oder andere schmerzt, muss ihre Pflicht erfüllt werden – die Kleinen müssen vor dem Menschenfresser gerettet werden. Sogar der liebe Vater muss ihretwegen seinen Teil der Last tragen. Es wurde beschlossen. Er musste die Wahrheit erfahren, von der sie gehofft hatte, dass sie in ihrem Grab begraben liegen würde. Victor, Camille; Ihre unbeschwerte Fröhlichkeit im Korridor war eine beredte Predigt. Bisher waren sie – dem Himmel sei Dank dafür – von nichts

Bösem verschont geblieben , ihr Himmel war sonnig und wolkenlos. Der Instinkt sagte ihrer Mutter, dass die Ogerin paradoxerweise zu einem gewissen Maß an heilsamer Zuneigung fähig war und ihnen keinen Schaden zufügen würde, es sei denn, es wäre notwendig, sie durch sie hindurch anzugreifen. Der neue Diplomat muss Zeit gewinnen – Zeit gewinnen. In Gabrielle entwickelte sich eine Fähigkeit zur Verstellung, die ihr bisher fremd gewesen war. Der liebe Vater – er würde sich schreckliche Sorgen machen – würde überstürzt eintreffen, sich an denen rächen, die sein Kind beinahe getötet hätten, und es und seine Enkelkinder in Sicherheit bringen.

Gabrielle schloss sich in ihrem Schlafzimmer ein und schrieb mit fieberhafter Energie. Die Feder flog über die Blätter und bedeckte sie mit dichter Schrift, die eine traurige Geschichte erzählte. Toinon , die wusste, dass sowohl der Abbé als auch die Gouvernante ihre Herrin in Abwesenheit meines Herrn verfolgt hatten, probierte ein- oder zweimal die Tür, und als sie auf ihr Klopfen keine Antwort erhielt, geriet sie so in große Angst, dass sie sich auf die Suche machte Jean Boulot fürchtet eine neue Katastrophe. Gerade als dieser mit einem Beil in der Hand und besorgten Falten auf der Stirn erschien, öffnete sich die Tür, und die Schlossherrin selbst stand auf der Schwelle und hielt einen Brief in der Hand.

Sie war vom Fieber gerötet, aber ziemlich selbstbeherrscht. Mit einem seltsamen Lächeln winkte sie beide herein und drehte den Schlüssel erneut im Schloss.

„Etwas ist passiert, liebe gute Freunde, denen ich vertrauen kann", erklärte sie schnell. „Etwas so Schreckliches, dass ich es dir nicht sagen kann. Ich habe immer noch Angst und bin entsetzt, aber der Himmel erlaubt mir, meine Sinne zu bewahren. Jean, aus Liebe zu mir und mir wirst du dein Pferd satteln und gemächlich nach Onzain reiten, als ob Er ist auf gewöhnliche Geschäfte fixiert und beauftragt dort den Maître de Poste, diesen Brief per Sonderkurier zu verschicken. Er darf sich keine Ruhe gönnen, bis er Paris erreicht. Zwei kostbare Seelen – drei – sind auf pünktlichen Gehorsam angewiesen. Ich kann dir vertrauen, Jean „Lass niemanden deine Mission ahnen."

Der ehrliche Jean sank auf ein Knie und drückte ehrfürchtig die heiße Hand der Chatelaine an seine Lippen. „Mein Leben gehört Madame", sagte er einfach und ging.

„Umarme mich, mein Toinon ", rief Gabrielle und fiel ihrer Pflegeschwester in einem Anfall hysterischen Weinens um den Hals. „Ich war jahrelang in einem törichten Tagtraum. Jetzt bin ich wach und schlafe nicht mehr."

Toinon war verblüfft, konnte aber feststellen, dass die schreckliche Emotion der Marquise ihre aufgestauten Gefühle linderte und ebenso heilsam war wie die rechtzeitige Blutung für den Schlaganfall. Nach kurzer Zeit ging es ihr besser und sie konnte wie ein Geist ihres alten Ichs lächeln. Die Würfel waren gefallen. Sie wäre von Albträumen befreit. Ihre Zuneigung zu ihrem Mann war völlig erloschen, und als ihre Asche verblasste, schoss ihre Liebe zu den Kleinen umso reiner hervor.

KAPITEL XIV.
ÜBERPRÜFEN.

Gabrielle lernte, ihre neue Kunst Tag für Tag in gewohnter Routine so gut zu praktizieren , dass kein Verdacht auf die Kühnheit geweckt wurde, die sie getan hatte. Niemand in der Gruppe kam auf den Gedanken, dass sie unter dem gleichen Äußeren eine andere Frau war. Sie ging wie zuvor ihre Wege, zeigte vielleicht eine gesteigerte Aktivität, besuchte die Notleidenden und versorgte die Kranken. Mademoiselle Brunelle war verwirrt und beobachtete sie mit leerem Erstaunen und wunderte sich darüber , dass der so sorgfältig berechnete Druck seine Wirkung so offensichtlich verfehlt hatte. Was für eine niederträchtige Manie zeigte das rührselige Geschöpf gegenüber schmutzigen, in Lumpen gekleideten Kerlen! Das Ding ist eine Marquise! Jemanden zu vernichten, der ihres Platzes so unwürdig war, wäre eine ziemlich tugendhafte Tat, wie Aglaé Tugend verstand . Da sich der Druck als unzureichend erwiesen hat, muss ein anderer angewendet werden. Es war schwierig zu bestimmen, welche Form der Druck annehmen sollte, da die Dame so feige und gemein war. Aglaé hatte ihr ins Gesicht gesagt, dass der Marquis ihr Liebhaber sei – was nicht stimmte; hatte davon gesprochen, die kleine Camille zu verderben, deren Mutter, im Moment schockiert, sich, wie es schien, mit erstaunlicher Schnelligkeit an die abscheuliche Idee gewöhnt hatte. Die immer größer werdende Verachtung der Gouvernante vermischte sich nun mit einer Verachtung positiverer Art für die Kleinmütigkeit des Schicksalsopfers.

Die Familienräte hatten zum Verzicht von Clovis auf die Autorität geführt, der seine Bequemlichkeit liebte und nur allzu froh war, der Politik zu entfliehen. Wie sollte er mit zwei so klugen Köpfen wie denen von Aglaé und Pharamond klarkommen ? Das kluge Paar war sich vollkommen darüber einig, was unter den gegebenen Umständen zu tun sei. Die Gouvernante lockte ihn sanft zu seinen gewohnten Beschäftigungen und Studien zurück, und sein Gewissen hörte nach und nach auf, ihn zu quälen.

Der private Plan jedes einzelnen der Verschwörer war, ohne dass sie es wussten, gescheitert, und beide waren der Ansicht, dass der nächste Schritt mit äußerster Vorsicht erfolgen müsse. Daher sollten sie äußerlich äußerst freundlich wirken, während sie einander mit gesundem Abscheu hassten; vorgeben, alle Ideen gemeinsam zu haben, und den Wunsch, Lorge plötzlich zu verlassen, sorgfältig verbergen .

Aufgrund der Verwandtschaft hatten sie beschlossen, im Arbeitszimmer zu frühstücken, wo die Morgensonne schien, eine gemütliche Gruppe von vier Personen, zu der Gabrielle nicht gehörte. Während des Essens besprach der Abbé in freundschaftlicher Weise das neueste Gerücht mit der Dame am

Kopfende des Tisches oder erörterte gemeinsam mit ihr einen Punkt, der sich aus Mesmers Briefen ergab. Der Weise war ebenso unzufrieden wie sein Schüler darüber, dass seine Entdeckung nicht gewürdigt wurde. Denn die wundersame Heilung des Ischiasnervs des Barons hatte bei der Bauernschaft der Touraine keinen Anklang gefunden, die schwor, es sei eine gefährliche Sache, dem Teufel zu gestatten, die vom Himmel gesandten Geißeln zu manipulieren. Diese Party bedarf wenig Ermutigung, wie alle Welt weiß, und dass er es war, der die Heilung herbeigeführt hatte, war offensichtlich, da die Musiker, bevor sie wegliefen, die Haare in seinem Schwanz gezählt hatten. Könnte es irgendeinen Zweifel daran geben, dass ohne Hexerei oder direkte Hilfe des Bösen kein Eimer voller Flaschen den Rheuma eines Herrn beeinflussen könnte? Wenn der gute Priester eine Besprengung mit Weihwasser gegeben hätte, wie Madame la Baronne es fromm gewünscht hatte, wäre es eine ganz andere Sache gewesen. Aber Eisenspäne und ein Violoncello! Hatte der Pfarrer nicht gleich am nächsten Sonntag über satanische Wunder gepredigt?

Clovis war von der Grobheit der bukolischen Ignoranz und der Sturheit ihrer Hartnäckigkeit zutiefst angewidert und schenkte Aglaés geheimen Hinweisen, dass es vielleicht eines Tages gut sein könnte, die magische Wanne in ein aufgeklärteres Zentrum zu verlegen, ein offenes Ohr .

Sie hatte immer Recht – die klare, weitsichtige Aglaé ! Er verstand jetzt, dass der Vorschlag, der ihn in der Nacht des Selbstmordversuchs erschreckt hatte, lediglich ein Aufwallung überkochenden Eifers gewesen war. Sie hatte ein echtes Interesse an ihm verspürt; hatte erkannt, dass die Marquise kein geeigneter Helfer für einen *Gelehrten war* , und konnte sein Bedauern darüber nicht verbergen, dass er nicht von einer Last befreit worden war, die seine wissenschaftliche Nützlichkeit behinderte. Übereifer schadet, wie Richelieu bemerkte, mehr als er nützt, sollte aber mit Nachsicht behandelt werden, da er auf lobenswerten Absichten beruht. Es war falsch zu sagen, dass man die Chatelaine hätte ertrinken lassen sollen. Aber in seinem tiefsten Inneren begann Clovis sich einzugestehen, dass die Zärtlichkeiten der Patientin während der Genesung nahezu unerträglich gewesen waren und dass es eher eine Erleichterung wäre, wenn der Himmel es gut finden würde, sie auf natürliche Weise aufzunehmen .

Der ruhige Ton des *Déjeuners* wurde eines Morgens durch die Ankündigung gestört, dass ein reisender Berliner die Straße heraufkäme und dass ein alter Herr aus dem Fenster schaue. Eine reisende Berline , auch noch dick mit Staub bedeckt! Also kein Nachbar . Wer könnte es sein, der mutmaßlich in ihre klösterliche Privatsphäre eindringt? Vielleicht ein Bote aus Paris. War etwas Schreckliches passiert? Der Abbé und die Gouvernante blickten einander misstrauisch an, und beiden kam derselbe unausgesprochene Gedanke in den Sinn. Kam die Krise, bevor sie vorbereitet waren? Wenn ja, muss die Idee, den anderen zu verdrängen, aufgegeben und ein noch engeres Bündnis geschlossen werden.

„Monsieur Galland ", verkündete ein Diener. Keiner der Anwesenden hatte den Namen jemals gehört. Wer war er? Woher und von wem war er gekommen?

Der Herr trat ein und verneigte sich ernst vor der Gesellschaft. Ein hagerer, großer alter Mann, der trotz aller Modetrends lockiges und gepudertes Haar trug. Er war in schlichtes schwarzes Tuch gekleidet, mit Wollstrümpfen und schwarzen Schnallen. Offensichtlich eine äußerst respektable Person. Wäre er gut genug, sein Geschäft anzugeben? Er nahm einen Stuhl, nahm eine Tasse Kaffee entgegen und erklärte, indem er seinen Blick auf die beleibte Aglaé richtete , was sie als beleidigend und markant empfand, dass er Anwalt sei. Ein Anwalt? Es war kein Gerichtsverfahren anhängig, von dem irgendjemand Kenntnis hatte. Was? Der vertrauliche Geschäftsmann von Monsieur le Maréchal de Brèze , der leider krank im Bett lag. Der ernste Herr vertraute darauf, dass die Tochter des Marschalls nicht ebenfalls unpässlich sei. Zu seinem Bedauern bemerkte er, dass sie beim Morgenmahl der Familie nicht dabei war.

Wieder Pharamond und Aglaé warfen einander einen Blick zu. Was könnte der alte Mann zu sagen haben, was nicht per Brief mitgeteilt werden konnte?

Clovis errötete und suchte Hilfe beim Abbé . Plötzlich wurde ihm klar, dass das, was für ihn ganz natürlich geworden war, einem Fremden nur schwer zu erklären sein würde.

Abbé zurückhaltend , „die die unschuldigen Annehmlichkeiten dieses Lebens ablehnt, um anderen mehr Zeit zu geben. Sie missbilligt die Stunde, die wir mit Trödeln verschwenden, und frühstückt lieber allein."

„Wir alle wissen, dass Madame ein Engel ist", stimmte der ernste Fremde zu; „Viel zu gut für diese Welt."

Die Gesellschaft blickte einander mit zunehmender Unruhe an. Da kam etwas Unangenehmes. Es war seltsam, dass die Ankündigung, dass Gabrielle ein Engel sein würde, bei ihnen allen ein schlechtes Gewissen hervorrufen sollte. Der Chevalier seufzte und keuchte. Clovis's Farbe vertieft. Der Abbé trommelte genervt mit den Fingern auf das Tuch. Die Gouvernante musterte den Fremden mit gesenkter Stirn, denn ihr Instinkt flüsterte, dass ihr etwas vorenthalten worden sei und dass er ihretwegen gekommen sei.

„Wird Monsieur freundlicherweise sein Geschäft erklären?" fragte der Abbé mit seinem süßesten Lächeln. „Natürlich ist jeder Abgesandte von jemandem, der all unseren Respekt und unsere Zuneigung genießt, in seinem

Schloss von Lorge herzlich willkommen . Dennoch können wir nicht erwarten, dass unsere schlechten Attraktionen jemanden zu einem so ruhigen Rückzugsort locken."

„Sein Schloss von Lorge ?" dachte die Gouvernante überrascht. „Sicherlich gehört es dem Marquis?"

„Ich hoffe, Herr de Brèze ist nicht ernsthaft krank?" fragte Clovis mit Mühe. Es oblag ihm, etwas zu sagen.

„Leider zu unpässlich, um zu reisen, selbst bei wichtigen Geschäften. Ist Ihnen bekannt, dass Madame la Marquise eine Mitteilung an ihren Vater gemacht hat?"

Wenn eine Kanonenkugel durch die Decke gefallen wäre, hätte das Unternehmen nicht erschrockener aussehen können. Der Anwalt lächelte und wurde dann ernster als zuvor. Auf jedem Gesicht war Bestürzung zu erkennen. Die Position der Marquise war offensichtlich noch ernster, als sie gesagt hatte. Der Brief sei heimlich verschickt worden, sonst wäre er unterdrückt worden.

„Die Mitteilung war ein trauriger Schlag für den Maréchal ", fuhr der Anwalt ruhig fort, „und verstärkte das Fieber, unter dem er litt. Dennoch wäre er selbst hier gewesen, wenn die Ärzte und Madame la Maréchale nicht fast Gewalt angewendet hätten. Das ist auch so." dass die Marquise zufällig abwesend sein sollte, denn das erleichtert mir die Aufgabe. Offensichtlich, Marquis, Herr de Brèze verlangt die sofortige Entlassung einer Person in Ihrem Dienst, die seine Tochter ernsthaft beleidigt hat.

Aglaés massiver Kiefer klappte vor stummer Verblüffung herunter, während der Abbé ihr einen verstohlenen, glühend böswilligen Blick zuwarf . Sie hatte auf eigene Faust einen schändlichen Streich begangen, von dem er nichts wusste: Sie hatte ihm und ihrem eigenen das Spiel verdorben. Seine zarten Finger zuckten wie Nattern unter dem Tisch. Wie gerne hätte er sie erwürgt.

„Ich – beleidige Madame?" stockte die Gouvernante sprachlos .

Der Boden rutschte unter ihr weg. Mit welchem Recht konnte der alte Herr in Paris eine so eindringliche Forderung an seinen Schwiegersohn richten? Das schlaue Luder war doch nicht so gemein. Wer hätte ihr zugetraut, dass sie in der Lage wäre, den Spieß umzudrehen, indem sie heimlich nach ihrem Vater schickte? Aglaé blickte den Marquis an, dessen Gesicht dunkel wie eine Gewitterwolke war. Sie schöpfte Mut aus der Gewissheit seiner Unterstützung und fügte hinzu, während sie nachlässig mit einem Kaffeelöffel spielte:

„Ich habe immer meine Pflicht gegenüber Madames Kindern getan, für die sie sich nie selbst gekümmert hat. Ich wurde von M. le Marquis engagiert, der sich mit meinen Bemühungen zufrieden zeigte."

„Verstehe ich, dass Mademoiselle sich weigert zu gehen?" fragte der Anwalt. „M. le Marquis ist seltsam still. Soll ich zu meinem unendlichen Bedauern gezwungen sein, meine Anweisungen vollständig auszuführen?"

Gange zu bedrohen !

Mademoiselle Brunelle warf einen verstohlenen Blick auf den Abbé , der sie böse anstarrte. Sie war verwirrt, da sie keinen Schlüssel zum Rätsel besaß.

„Meine Anweisung lautet", fuhr der Anwalt fort, „die entlassene Person innerhalb von zwei Stunden aus dem Gelände zu bringen. Falls sie sich weigert zu gehen, ist M. le Marquis darüber zu informieren, dass ich Madame la Marquise entfernen soll." sofort, und dass es, wenn sie verhaftet wird, die schmerzhafte Pflicht des Maréchal de Brèze sein wird, bestimmte Personen, die ich nicht zu benennen brauche, wegen Verschwörung und Grausamkeit strafrechtlich zu verfolgen. Die Justizbeamten in Blois haben ihre Anweisungen. Wenn sie entlassen werden Wenn sich die Person nicht innerhalb einer bestimmten Frist dort einstellt, um ihren Lohn entgegenzunehmen, oder wenn ich nicht in Begleitung von Madame la Marquise ankomme, werden die Beamten hierherkommen und Einlass in die Räumlichkeiten des Maréchal verlangen. Das bin ich gerne informiert, dass Madame allseits beliebt ist. Ein Flüstern, dass sie grausam behandelt wurde, würde die Provinz aufrütteln, und das brauche ich kaum zu beachten, ist nicht der Moment für einen Zusammenstoß mit den *Tiers état* ."

Hervorragend geplant. Der Abbé , ein guter Kritiker solcher Dinge, war von anerkennender Bewunderung erfüllt, obwohl er einer der Leidtragenden sein sollte. Aglaé hatte sich eines gewaltigen Fehlers schuldig gemacht, für den sie gerecht bestraft werden sollte. Das war gut so, denn indem sie unabhängig von ihm handelte, hatte sie ein feierliches Versprechen gebrochen. Auch er hatte, wie er innerlich zugab, nicht die übliche Scharfsinnigkeit gezeigt. Zweifellos hatte ihr großer Abscheu vor ihm dazu beigetragen, das Opfer zu etwas anzuspornen, von dem er fälschlicherweise angenommen hatte, dass sie es niemals tun würde. Dann löste das Gefühl, dass sie sich von ihm losgeschüttelt hatte, einen neuen Anfall ohnmächtiger Wut in seiner Brust aus. Sie hatte sowohl seinem Hass als auch seiner Liebe getrotzt, und er schauderte vor boshafter Bosheit bei dem Gedanken, dass sie ihn mit der Inanspruchnahme des Schutzes ihres Vaters verblüfft hatte.

Clovis war wütender als je zuvor in seinem Leben. Es war eine Offenbarung unangenehmer Art, sich in der Hauptrolle wiederzufinden; der Zustand der Abhängigkeit, den der Abbé vor langer Zeit angedeutet hat, wie ein Lakai befohlen zu werden, in Gegenwart anderer bedroht und eingeschüchtert zu werden – er, Marquis de Gange , vor allem unter den Augen der Verwandtschaft, und zu sein machtlos, Schlag für Schlag zu erwidern. So erniedrigt und gedemütigt zu werden, und das auf Veranlassung seiner eigenen Frau! Es dauerte einige Augenblicke, bis er den Wirbelsturm der Gefühle ausreichend kontrollieren konnte, um seine Stimme zu beherrschen.

„Muss ich wohl verstehen", sagte er schließlich heiser, „dass Madame la Marquise eine Trennung verlangt? Ich bin überrascht, denn sie hat noch nie zu diesem Thema gesprochen. Was ist, wenn ich mich weigere und meine ehelichen Rechte einfordere?"

„Es sind immer solche Engel wie sie", bemerkte der Anwalt streng, „die durch die Hand böser Menschen zum irdischen Märtyrertum verdammt sind. Ihre Rechte! Und was ist mit ihren? Sie haben sie gezwungen, mit einem mutwilligen Planer unter einem Dach zu wohnen." . Sie haben ihr den Zugang zu ihren Kindern verweigert. Danach kann bloße Vernachlässigung nichts mehr zählen. Es tut mir leid, sagen zu müssen, dass Madame von Ihnen nur die Entlassung dieser Frau, freien Zugang zu den Kindern und eine Zeichen des Respekts verlangt. Wenn man so viel zugibt, wird die Vergangenheit Vergangenheit sein. Wenn sie ihre Bedingungen ablehnt, wird sie Ihr Dach verlassen, ihr Vater wird Ihnen Vorräte entziehen und Ihnen mitteilen, dass Sie sein Eigentum aufgeben müssen.

Dann gehörte das Geld dem alten Mann und nicht dem Marquis. Aglaé hasste jeden, sich selbst eingeschlossen, bei dem Gedanken daran, wie sie betrogen worden war.

„Ich werde gehen, wenn du willst", sagte sie und bereitete sich darauf vor, sich zurückzuziehen, mit einem skurrilen Versuch, einen Märtyrerkranz anzulegen. „Ich danke dem Marquis für seine vielen Freundlichkeiten. Darf ich die Engelchen kurz umarmen? Es tut mir leid, eines Tages, wenn sie mich besser kennenlernt.

Zu diesem Zeitpunkt öffnete sich die Tür und Gabrielle trat in ihrem Reitkleid ein, blass, aber gelassen. Ohne die anderen zu bemerken, ging sie schnell auf den Neuankömmling zu und streckte ihm die Hand entgegen.

„Sehr geehrter Herr Galland ", sagte sie. „Mein Vater!---- "

„War zutiefst beunruhigt über das, was Sie ihm geschrieben haben."

„Ich habe es befürchtet", antwortete sie niedergeschlagen. „Aber es gab Gründe."

"Gründe dafür!" rief der alte Herr herzlich. „Ich kann die Gründe in Ihrem traurigen Gesicht lesen. Es tut mir leid, dass ich Madame nicht zu ihrem strahlenden Aussehen gratulieren kann. Sie hatte Unrecht, nicht früher gesprochen zu haben."

„Das konnte ich nicht", flehte Gabrielle. „Es dauert lange, bis eine treue Liebe aus dem Leben glimmt . Ich hätte alles ertragen können, wenn sie dort nicht gedroht hätte, Gift in den Geist eines Kindes einzuflößen . Denken Sie nur daran! Mein Gott! Wie ungeheuerlich!"

„Das hat sie nie getan", warf Clovis hitzig ein. „Niemals, niemals! Sie dürfen die Kinder selbst sehen, Sir, und sie befragen. Eine solche Verleumdung ist abscheulich!"

„Danke! Oh-danke dafür!" murmelte die tiefe Stimme von Mademoiselle, als sie sich mit theatralischer Geste hastig niederkniete und ihm die Hand küsste. „Wenn ich vertrieben wurde, wird es ein Trost sein, sich daran zu erinnern, dass ich Ihr Selbstvertrauen nie verloren habe."

„In dieser Angelegenheit spiele ich eine schöne Rolle!" rief der Marquis bitter aus.

„Unter uns", sagte Gabrielle traurig und blickte auf den abgewandten Rücken ihres Mannes, der in seinem Sessel hockte, „ist alles vorbei. Wir sind hoffnungslos gespalten. Und doch trösten Sie sich. In den kommenden Jahren vielleicht, wenn Victor und Camille es sind." Mann und Frau, vielleicht vereinen sie sich wieder zu uns. Mademoiselle, ich wünsche Ihnen nichts Böses – nur, dass wir uns nach diesem Tag nie mehr von Angesicht zu Angesicht gegenüberstehen."

Ungewohnte Tränen standen auf den faltigen Wangen von M. Galland . Es war gut, dass der feurige alte de Brèze nicht persönlich angekommen war. Das Gesicht der weißen Chatelaine verriet eine solche Geschichte, dass es zu Blutvergießen gekommen sein könnte, das alle bedauert hätten. Das Interview war schmerzhaft und es lag an ihm, es abzubrechen.

„Wenn die Person den Befehlen gehorchen will", sagte der Anwalt knapp und blickte auf die Uhr, „so sollte sie keine Zeit verschwenden. Die Kleidung, die sie nicht schnell einpacken kann, wird ihr nachgeschickt. Ich habe Nachrichten von Ihrem Vater, Marquise, Das darf hier nicht abgeliefert werden. Darf ich um die Gunst bitten , in die Kinderstube geführt zu werden, damit ich meinem Arbeitgeber getreue Berichte erstatten kann?"

Aglaé biss sich auf die Lippen. Dies war ein raffinierter Schachzug, um eine theatralische Darstellung *à la Medea zu präsentieren* . Gabrielle stimmte dankbar zu und ging voran und ließ den Marquis zurück, der von gedemütigter Eitelkeit und einer wiedererwachten Reue prickelte, die sich nicht beruhigen ließ.

Sein Gesicht war in seinen Händen vergraben und er war zu sehr in die Betrachtung seiner eigenen Empörung vertieft, um sich um das Leid anderer zu kümmern.

Aglaé schlich sich schüchtern an den Abbé heran. Ihr übliches meisterhaftes Selbstvertrauen war in Luft aufgelöst.

„Gibt es keine Hoffnung?" Sie flüsterte.

"Keiner!" war die unverblümte Erwiderung. „Du musst dich der sofortigen Verbannung unterwerfen, was dir recht tut. Du warst es also , der sie durch deine vernarrte Torheit hierher getrieben hat? Ich hoffe, du wirst in Armut sterben. Idiot! Nicht zu wissen, dass das abscheulichste Tier sich umdrehen wird, wenn es bedroht wird." seine Nachkommenschaft."

Natürlich war der Abbé genau der richtige Mann, um sich auf die Gefallenen zu stürzen! War es ihre Schuld, dass sie über Umstände im Unklaren gelassen wurde, die, wenn sie bekannt geworden wären, ihre Taktik geändert hätten? Es war nicht alles verloren. Es war nur eine vorübergehende Niederlage, wie sie die geschicktesten Generäle manchmal hinnehmen müssen. Es wäre jedoch nicht angebracht, sich offen mit dem Abbé zu streiten , denn in ihrer Not benahm er sich wie ein Rohling. Während sie ihr Gesicht in ein Lächeln hüllte, schwor sie sich innerlich, sich zu erinnern und eines Tages bittere Rache zu nehmen .

„ *Sans rancune !* " sagte sie leichthin und streckte ihre große braune Hand aus. „Du bist nicht barmherzig, aber ich verzeihe dir. Bin ich nicht bewundernswert großzügig? Du denkst, ich sei für immer ausgeschlossen Peitschenriemen. In den Ablenkungen der Hauptstadt vergisst er mich vielleicht. Hier wird er mich vermissen und es wird ihm leid tun."

Es war wahrscheinlich, dass sie in diesem Punkt recht hatte. Das Kartenhaus war durch ihren ungeschickten Fuß umgeworfen worden und musste von Grund auf wieder aufgebaut werden. Wer könnte vorhersagen, was die stürmische Zukunft bringen würde? Es gehörte zur Politik, mit jemandem bürgerliche Beziehungen zu pflegen, der sich als beeindruckend – oder nützlich – erweisen könnte.

Der Chevalier, der die Dinge verschwommen lesen konnte, wie im Dunkeln mit einer Hornlaterne, fragte sich, warum sein Bruder so höflich zu dem Geschlagenen war. Er führte sie mit einer für eine Erzherzogin angemessenen Zeremonie zur Kutsche und blieb unter dem Torbogen stehen, wo früher das Fallgitter hing, und küsste leichtfertig seine Fingerspitzen, bis die Berline außer Sichtweite war .

Kapitel XV.
Die Situation ändert sich.

Gabrielles Anweisungen an Monsieur Galland waren prägnant. Man darf dem Marschall nicht zu viel erzählen. Der gute Anwalt muss ihr abgenutztes und ausgezehrtes Aussehen für sich behalten. Er darf auch nichts von der beredten Begegnung zwischen der Mutter und ihren Lieben erzählen. Die Kinder blickten sie mit unbestimmter Besorgnis an, als wären sie eines, von dem sie gelernt hatten, misstrauisch zu werden, weil sie unangenehme Dinge hörten. Er musste eine weitere Träne wegwischen – es war ein Wunder, dass in einer so trockenen und geschrumpften Träne noch so viel Flüssigkeit zurückblieb –, bevor er auf Zehenspitzen aus dem Zimmer schlich und das sehnsüchtige Herz zurückließ, um seine verlorene Herrschaft wiederzugewinnen.

Und nun begann für Madame de Gange eine Ruhepause, und als ihre aufgewühlte Seele ihr Gleichgewicht wiedererlangte, wunderte sie sich , dass sie so lange geduldig sein konnte. Der Auftrag des lieben Vaters war ein Harlekinstab gewesen, der mit einer Berührung die Höhle des Schwarzen Gnoms in den ruhigen Rückzugsort des heiteren Geistes verwandelte. Mehrere Monate lang geschah nichts, was für die Einsiedler von Bedeutung war. Durch ein scheinbares Paradoxon, als die Überreste der Zuneigung, die sie einst ihrem Mann entgegengebracht hatte, zerstört wurden, stellte sie fest, dass sie mit ihm besser auskommen konnte. Es gab keine Eifersuchtsanfälle mehr, keine irritierenden Szenen, kein mitternächtliches Weinen mit dem morgendlichen Vorwurf geschwollener Augenlider – einfach, weil sie auf den Wunsch nach dem Mond verzichtet hatte, wie er es sich so oft gewünscht hatte. Dass er sich in seinem Arbeitszimmer einschloss und über die Geheimnisse der Wissenschaft grübelte und dabei seine bessere Hälfte meidete, war kein Grund mehr zum Kummer; Es war ihr egal, wie diese Zeit verging. Hatte sie nicht die gestohlenen Schätze zurückbekommen, für deren alleiniges Interesse sie um ein Leben lang betete? Viele Monate lang hatte sie Trauer verloren, und es war eine große Freude – ein atemberaubender Blick in den Himmel –, sie wieder ganz für sich allein zu haben, ohne dass ein Schatten dazwischen fallen konnte. Was für eine Freude zu sehen, wie sich Victors und Camilles Geist in der Zwischenzeit erweitert hatte; wie die jungen Pflanzen in die Höhe schossen und frische Blätter von zartem Grün und duftende Blüten voller Intelligenz hervorbrachten. Die Mutter dankte Gott dafür, dass sie trotz ihrer ängstlichen Suche keine Spur von Bösem in den Köpfen der Kinder finden konnte. Das einzigartige Exemplar der Weiblichkeit, das glücklicherweise für immer verschwunden war , war für sie eine echte Mutter gewesen, hatte sich um sie gekümmert, als wären es ihre eigenen, und hatte in den kleinen Köpfen einen Schatz an Informationen gepackt, der für Gabrielle eine Quelle der Ehrfurcht darstellte. Eine sehr merkwürdige Mischung war Mademoiselle Brunelle. Was sie selbst über die widersprüchlichen Elemente im weiblichen Busen bemerkt hatte, war wahrer als die daraus folgende Schlussfolgerung. Ob der Engel oder der Teufel die Herrschaft erlangt, hängt nicht immer vom Menschen ab. In diesem Fall hing es von einer Frau ab – Gabrielle. Wenn sie ertrunken wäre, wäre Aglaé zweifellos eine vorbildliche Stiefmutter gewesen und hätte alles in ihrer Macht Stehende zum Wohle der Kleinen getan. Es war ihr Hass auf die Chatelaine aufgrund der falschen Interpretation ihres Charakters, der ihr den Gedanken in den Kopf gesetzt hatte, sie zu verletzen, um ihr Schmerzen zuzufügen. Vielleicht war es nur eine leere Drohung, um Terror zu schüren . Als der Moment gekommen wäre , hätte sie vielleicht ihre Hand gehalten und sie verschont. Vielleicht hatte ein zu grober Kontakt mit den scharfen Kanten der zerklüfteten Welt in jungen Jahren eine Natur verzerrt, die eigentlich freundlich sein sollte. Als sie über diese Dinge nachdachte, vergab die verzeihende Gabrielle ihrem Peiniger freimütig die vielen Stiche, die sie ihr zugefügt hatte. Angst und Schrecken wichen heiligem Mitleid, und sie beschloss, ihren Einfluss zu nutzen, um ihr eine andere Situation zu verschaffen. In einer geeigneten Umgebung könnte es ihr gelingen, den Teufel zu vertreiben. Diese Umgebung hatte sie in Lorge nicht gefunden . Dieser kurze Band seiner unheimlichen Geschichte wurde geschlossen und darf nie wieder geöffnet werden. Was auch immer passieren mag, Mademoiselle Aglaé Brunelle darf Lorge nie wieder besuchen .

Der Zauberstab des alten Marschalls hatte sogar auf den Abbé gewirkt . Entweder war er eingeschüchtert worden, sodass er sich gut benahm , oder man hatte ihn dazu gebracht, seine unheilige Leidenschaft zu ersticken und auf seinen Drohungsfeldzug zu verzichten. Wenige Tage nach Aglaés Niederlage, in der er sich demonstrativ bescheiden und zuvorkommend gezeigt hatte, stattete er der Chatelaine in ihrem Boudoir einen weiteren Besuch ab. Für einen Moment hielt sie den Atem an. Sollte die Verfolgung erneut beginnen? Da er den Lieben nie etwas Böses angedroht hatte, hatte sie ihn in ihrem Brief an ihren Vater verschont. Muss sie ihm erneut Kummer bereiten, indem sie Schutz vor dem Bruder ihres Mannes sucht?

NEIN; Der Himmel war sehr barmherzig und hatte seine schmerzende Hand ganz zurückgezogen. Der Abbé präsentierte sich ihr in einem neuen Licht. Seine süße Stimme war in ihrer melodiösesten Tonart gestimmt. Sein intellektuelles Gesicht war von Furchen der Angst und Reue durchzogen. Er bekannte offen seine Sünden und sehnte sich demütig um Vergebung, während ihm Tränen über die Wangen liefen.

wunderbare Schönheit hat mich völlig außer Fassung gebracht , Gabrielle", murmelte er mit gebrochenem Akzent. „Glauben Sie mir, wenn Sie können, nach der Vergangenheit, dass ich nicht ganz schlecht bin.

Vergebung ist eine göttliche Eigenschaft, die gut zu Ihrer engelhaften Natur passen wird. Wie der, von dem der unreine Geist ausgestoßen wurde, schreie und heule ich nicht mehr und Zerreiße mein Fleisch, bin aber unterworfen, bekleidet und wieder bei klarem Verstand. Ich blicke mit Entsetzen auf mein anderes Selbst und preise Gott für das Wunder, durch das ich gerettet wurde. Verzeihung, Gabrielle; ohne es werde ich nie wieder einen Augenblick Frieden erleben ."

Die Marquise war von der Berufung sehr berührt. Sie hatte den Mann gemocht und seine Gesellschaft genossen, bis er, wie er erklärte, verrückt geworden war. Wer war sie, die in so vielen Dingen Fehler gemacht hatte – sie war sogar so böse gewesen, dass sie versuchte, sich das Leben zu nehmen –, dass sie jemanden bestrafen sollte, der Buße tat?

Er hatte etwas davon gemurmelt, wegzugehen und seine verfluchte Anwesenheit von ihrem Weg zu entfernen; hatte sogar mit ergreifender Trauer gesagt, dass er fest entschlossen sei, das Kloster aufzusuchen und ein Leben der Buße zu beginnen. Auch sie hatte einmal an das Kloster gedacht. Tatsächlich handelte Pharamond jetzt auf diesen Hinweis hin; Denn leider spielte der Kluge nur eine neue Rolle und bereitete neue Fundamente für sein zusammengebrochenes Kartenhaus.

Für den Historiker ist es schmerzlich zu berichten, dass dieser brillante Sohn der Kirche völlig herzlos war. Er, der so hübsch über Vergebung schwadronieren konnte, hatte in seinen Worten kein Körnchen Mitleid. Kann ein Mann gleichzeitig lieben und hassen? hatte er sich gefragt. NEIN; Aber er hatte ein abscheuliches Kriechergefühl , das aus unedler Sinnlichkeit entstand, mit Liebe verwechselt , und dieses Gefühl konnte in perfekter Übereinstimmung mit dem Hass im Zaum gehalten werden. Seine schöne Schwägerin hatte ihn verhöhnt, ihm einen Strich durch die Rechnung gemacht und ihm mit erhabener Verachtung seine Drohungen ins Gesicht geschleudert. Sie hatte ihm deutlich gezeigt, wie hoch über seiner üblen und aussätzigen Niedrigkeit ihre eigene schlichte Reinheit emporragte. Wir sind uns vielleicht darüber im Klaren, dass wir unterwürfig und niederträchtig sind und es verdienen, in unserer angeborenen Hässlichkeit der Verachtung unserer Mitmenschen ausgesetzt zu werden. Wir können dies wissen und das Wissen mit Gleichmut ertragen, es sogar zynisch genießen und genießen; aber unsere Niederträchtigkeit von einem anderen ins Gesicht geworfen zu bekommen, ist etwas ganz anderes. Der Abbé ließ sich nicht aus der Fassung bringen und ließ sich den Schlägen nicht gelassen hin. Er war mehr denn je fest entschlossen, eines Tages zu siegen; und da er mit unbezähmbarer Geduld ausgestattet war, wusch er mit mühsamer Sorgfalt die Schiefertafel ab, um von vorne anzufangen.

Wie sein Handwerk berechnet hatte, war die Marquise zu einfach in ihrer Güte und zu großzügig, um Bosheit zu ertragen. Mit Gefühlen tiefer Dankbarkeit, dass der steinige Weg so glatt werden konnte, vergab sie dem Bittsteller großzügig und machte sogar einen sanften Scherz über den vorgeschlagenen Rückzug. Nein, nein; Er müsse in Gange sein Haarhemd tragen , sagte sie, und nachdem er die volle Absolution erhalten habe, müsse er gemeinsam mit ihr die Vergangenheit auslöschen. Sie erklärte, dass es ihre Absicht sei, Meister aus Blois zu bekommen, und gestand offen, dass die Ausbildung der Lieben weit über ihre Möglichkeiten hinausgegangen sei. „Sie sollen zweimal in der Woche kommen", erklärte die Marquise, „und ich werde auch Unterricht nehmen. Es wird für uns alle eine Freude sein, uns gegenseitig zu helfen und unsere verschiedenen Aufgaben an den anderen Tagen vorzubereiten. Du, Pharamond", fügte sie fröhlich hinzu , der darauf aus ist, ihm beim Vergessen zu helfen, „könnte für uns von größtem Nutzen sein, denn Sie sind klug und bewandert in Büchern. Sie sollen den Posten des Hilfsdieners innehaben und erklären, was wir nicht verstehen können. Verlassen Sie uns? Niemals! Was würde Clovis tun?" Ohne dich auskommen? Ich fürchte, dass du Mesmers Lehren studieren musst, damit er diese Frau nicht vermisst. Ich bin fest entschlossen, dass, wenn es notwendig ist, ihm eine Affinität zu verschaffen, dieses mysteriöse Objekt in Zukunft sein wird des anderen Geschlechts.

Die Neugründungen gingen erfolgreich voran. Pharamond hatte nie daran gedacht, die Fleischtöpfe aufzugeben. Da der Plan, mit der Erbin durchzubrennen, durch das Eingreifen des diktatorischen alten Marschalls zum Scheitern verurteilt war , müssen sie alle damit zufrieden sein, dort zu bleiben, wo sie waren, und vorerst zusammen zu wohnen. Die politische Lage beruhigte sich, so dass eine Auswanderung möglicherweise nicht notwendig war. Innerhalb der Grenzen Frankreichs gab es keinen sichereren Zufluchtsort als die Touraine. Das rustikale Aufbrausen ließ nach. Von Zeit zu Zeit trafen Nachrichten über Massaker und Brandstiftungen ein, diese ereigneten sich jedoch hauptsächlich im Süden, in den Bezirken um die Städte herum.

Mit dankbarer Ehrfurcht und vielen beredten Beteuerungen nahm der Abbé den Olivenzweig entgegen und machte sich eifrig daran, zu zeigen, wie überaus rein er gewaschen war. Er prägte Victor und Camille die engelsgleichen Eigenschaften ihrer Mutter ein, spannte alle Kräfte an, um die locker gewordenen Bindungen zu festigen, und betonte die Tatsache, dass die geliebte Gouvernante natürlich eine der besten Frauen sei, dies aber notwendig sei um ihretwillen Lehrern zur Verfügung zu stellen, die fortgeschrittener sind als sie. Die beste Seite des launenhaften Herrn glänzte mit schneeweißer Rechtschaffenheit, und Mutter und Kinder waren sich einig, dass niemand ohne den Abbé auskommen konnte .

Ein Dorn im Auge war der Chevalier. Ein Mann, der zu durstig ist und in seinen Tassen plappert, provoziert; aber wenn er rührselig wird und kaum noch nüchtern ist, ist er für seine Kameraden eine schwere Prüfung. Nachdem er das neue Blatt umgedreht hatte, war es für Pharamond ärgerlich, zu ungünstigen Jahreszeiten ständig von einem schluckenden Trottel an das alte erinnert zu werden ; zwischen weinigen Schluchzern angefleht zu werden, „sie glücklich zu machen". Es war dringend notwendig, den armen, zittrigen Phebus ins Schlepptau zu nehmen und ihn mit strenger Strenge zu behandeln. Ein- oder zweimal dachte er voller Abscheu daran, die durchnässte Kreatur loszuwerden, und erwähnte das Thema sogar gegenüber Clovis. Doch dieser wollte von seiner Verbannung nichts hören.

„Wohin sollen wir ihn alleine schicken?" er hat gefragt. „Er würde in Schwierigkeiten geraten und uns in Ungnade fallen lassen. Du warst es, der uns ihn aufgebürdet hat, also musst du uns helfen, die Last zu tragen."

Der Abbé gab den Punkt ohne weitere Diskussion auf, denn im Umgang mit den Schwachen ist es klug, ihnen in kleinen Dingen freien Lauf zu lassen, um in großen Dingen den eigenen Willen durchzusetzen. Darüber hinaus könnte sich Phebus verbessern, wenn er unter Beobachtung gehalten wird, und es ist nicht gut, einen Mann, wie hilflos er auch sein mag, absichtlich beiseite zu werfen, über den wir völlige Herrschaft erlangt haben.

Nachdem die Dinge bisher zu seiner Zufriedenheit geklärt waren, machte sich der kluge und geschäftige Mann auf den Weg zum Marquis. Nun, da sie weg war, hatte Clovis, wie sie es vorhergesehen hatte, jede Stunde Grund, Aglaé zu bereuen . Wer ist so genial wie sie, wenn es darum geht, verzwickte Probleme zu lösen? Wer ist bei der Entschlüsselung eines Theorems so klar im Kopf? Was nützte die Wanne oder ihr kostbarer Inhalt ohne ihre Hilfe? Die Abende ohne seine Lieblingsmusik waren für ihn endlos . Das gesegnete Violoncello ruhte jetzt in seiner Box, denn allein darauf zu grunzen brachte dem Musiker Melancholie statt Trost. Bevor die Kanonenkugel fiel, hatten Neuling und Affinität Pläne geschmiedet, um die Wanne aus einer nächtlichen Nachbarschaft in eine angenehmere Sphäre zu verlegen. Seine Segnungen wurden an Bauern verschwendet. Clovis sehnte sich danach, dem Schauplatz seiner Demütigung zu entkommen; brannte darauf, Lorge den Rücken zu kehren ; Aber da war eine neue und ärgerliche Angst in ihm, die ihn sprachlos hielt: die Angst, dass, wenn er zu viel auf sich nahm, die Dusche eines bösen Präzedenzfalls wieder aufflammen würde; dass der abscheuliche alte Schlingel in Paris ihn warnen würde, seiner Frau zu gehorchen.

Wenn Sie unklug genug sind, eine Erbin zu heiraten, ist es ziemlich sicher, dass Ihnen früher oder später ihr Geld ins Gesicht geschleudert wird. Gabrielle war in Bezug auf den gefährlichen Punkt so feinfühlig gewesen, dass Clovis sich darüber nie Sorgen gemacht hatte, bis die Dringlichkeit de Brèze gezwungen hatte , an der Schraube zu drehen, und unter dem Schraubenschlüssel zuckte und krümmte er sich weiter. So ruhig und verträumt er auch war, er hatte nie offenkundig etwas getan, um seine Frau zu ärgern – er war treiben gelassen und dann in unruhige Gewässer geschleppt worden, deren Trübung, jetzt, da die Aufmerksamkeit auf sie gelenkt wurde, eine Überraschung darstellte. Er hatte auf seine schwache Art mit seinem Gewissen gekämpft, und mit Hilfe der Gouvernante war es ihm gelungen, es zur Ruhe zu bringen; und es schadete seiner Eitelkeit sehr, dass der Schläfer so unsanft geweckt wurde. Ist es nicht immer demütigend, wie ein anständiger Schuljunge behandelt zu werden?

Ich bedauere, feststellen zu müssen, dass der Abbé bei einer Besprechung mit dem Marquis die Wunde durch verdeckte Kratzer und das Einsetzen kleiner Nadeln geschickt verstärkte. „Für einen Mann von Geist", pflegte er abwertend zu bemerken, „ist es schmerzhaft, an der Nase herumgeführt zu werden; nichtsdestotrotz, wenn der Inhaber der Zange zufällig derjenige ist, dessen Pflicht der Gehorsam ist." Bei solchen Gelegenheiten wandte sich Clovis mit einem verwirrten Stirnrunzeln, das mitleiderregend und doch lächerlich war, an seinen Bruder . "Was soll ich tun?" er würde stöhnen. „Die Situation ist, wie Sie sagen, schrecklich; aber ich sehe keinen Ausweg aus der Schwierigkeit." Dann klopfte der Abbé ihm auf die Schulter und murmelte seufzend: „Armer Kerl. Du hast mir von ganzem Herzen leid getan, aber um unser aller willen muss ich dich ermahnen, höflich zu Madame zu sein. Ihr Wunsch ist für ihren Papa Gesetz. Wenn sie es möchte." Bitten Sie den alten Kerl, uns auf die Straße zu werfen. Was bleibt uns denn anderes übrig, als zu gehen?

also , dass Gabrielles zuversichtliche Dankesbekundungen etwas verfrüht waren. Die Krankheit einer aufdringlichen Liebe zu ihrem Gatten hatte einer chirurgischen Behandlung bedarf, was für beide eine vorteilhafte Abwechslung darstellte; aber sie ahnte nichts von dem Nessus-Hemd, das unter dem feinen Leinen die zarte Haut des lymphatischen Genussmenschen wund machte, oder träumte von der Wirkung, die die kleinen Nadeln des Abbé auf sein Gewebe hatten .

So standen die Dinge, als der *schwarze Schlag des Marquis* erneut auftauchte und die Wunde in seiner Eitelkeit aufrührte, die nie aufhörte zu schwären. Tatsächlich war unter der Frühlingssonne wieder das staubige Berlin zu sehen, das mit seiner Staubladung die Straße entlang kroch, und M. Galland, der aus dem Fenster spähte. Clovis warf seiner Frau einen wütenden, misstrauischen Blick zu, versäumte es aber nicht, an ihrem Gesicht zu erkennen, dass die Erscheinung dieses Mal unerwartet war. Er konnte deutlich erkennen, dass eine weitere Drehung der Schraube nicht auf ihren Wunsch oder Vorschlag zurückzuführen war. So viel war offensichtlich, und die heißen und hastigen Worte, die ihm erklangen, erstarben auf seinen Lippen. Der alte Schlingel hatte beschlossen, aus eigenem Antrieb etwas Unangenehmes zu tun. Was?

M. Galland verneigte sich, wie immer wie eine Sphynx, mit respektvoller Ehrerbietung vor der versammelten Gesellschaft; aber die Marquise wurde ohnmächtig und ahnte, dass es neuen Kummer geben würde. Die ruhigen Augen des Anwalts ruhten mit tiefem Mitgefühl auf ihr; denn es sah so viel besser aus, dass es eine schmerzliche Sache war, Überbringer böser Nachrichten zu sein. Aus Angst, sein vergöttertes Kind zu belasten, hatte der Marschall ihrer Mutter strikt verboten, sie in den wöchentlichen Bulletins zu beunruhigen. Sie wurde nicht darüber informiert, dass die Krankheit des alten Herrn ihm zugesetzt hatte, dass es ihm schlechter statt besser ging, und dass es nun wie eine Lawine über sie hereinbrach, dass sie ihn nie wieder sehen würde.

Der Maréchal de Brèze war tot; war im Segen seiner Tochter gestorben. Seine Erbin musste sofort nach Paris reisen, um ihre zerstreute Mutter zu trösten und sich um wichtige Geschäfte zu kümmern.

Der Einbruch der neuen Kanonenkugel wirkte sich unterschiedlich auf die Zuhörerschaft aus. Von Trauer überwältigt zog sich Gabrielle zurück, um in ihrem Zimmer zu beten. Oh! Warum war sie nicht geduldiger, mutiger, weniger egoistisch gewesen? Sie hatte dem guten Vater ihre eigenen Sorgen zugefügt, als er krank war, und war vielleicht die unschuldige Ursache für seinen Tod gewesen. Warum hat sie nicht den liebevollen Betrug fortgesetzt, mit dem sie ihre Wunden so lange vor ihm verschleiert hatte?

Diese böse Frau hatte ihre Ängste nur ausgenutzt, davon war sie nun überzeugt; hätte ihre Drohungen nie wahr gemacht. Jetzt, da es zu spät war, erkannte Gabrielle mit fehlgeschlagenen Schlägen auf die Brust und müßigem Händeringen , dass sie falsch gehandelt hatte. Indem sie das Feigling spielte, hatte sie ihren Vater getötet! Hätte sie über ein Körnchen unabhängigen Mutes verfügt, wäre sie, anstatt Hilfe von außen zu suchen, wie eine standhafte Heldin direkt in die Gegenwart ihres Mannes marschiert, hätte ihre Beschwerden dargelegt und ihre Rechte eingefordert, und mit ihrem eigenen Bogen und Speer wäre sie haben den Feind vertrieben. Ach! Sie wurde dazu gebracht, sich festzuhalten und nicht zu kämpfen. In ihrer Trostlosigkeit betete sie lange und inständig, bevor ihr die Tränen kamen. Vergeblich tadelte Toinon sie und erklärte, solche Gedanken seien krankhaft, während er hastig für die Reise packte.

Für Clovis bedeutete die unerwartete Nachricht eine unbeschreibliche Erleichterung. So wie er gelernt hatte, zu glauben, dass er von einem Dämon besessen sei, der ihm ständig die Sporen in die Flanken trieb. Siehe! Der Inkubus verschwand in der Luft! Der alte Schlingel konnte nicht länger drohen. Seine Hand blieb stehen. Seine Stimme war für immer stumm . Von dort aus würde es keine Demütigung mehr geben; man würde ihm nicht gebieten, seiner Frau zu gehorchen.

Der Abbé war so verblüfft, dass sein flinker Geist in einem Labyrinth von Möglichkeiten umherwanderte, bevor er sich ernsthaft dazu entschloss, über die Auswirkungen der Änderung nachzudenken. Der Beschützer der Marquise war verschwunden – ihr einziger Beschützer –, denn Madame la Maréchale war eine farblose , etwas schwachsinnige Dame, an die man überhaupt nicht denken musste. Die neu gelegten Fundamente des Kartenhauses waren genau das, was sie sein sollten, aber wenn sich die Umstände ändern, müssen neue Pläne für die Struktur erstellt werden. Wie wahr ist es, dass immer etwas Unerwartetes geschieht, das auch die ausgefeiltesten Pläne durcheinander bringt. Das erste war, nach Paris zu gehen, um dort zu erfahren, welche Verfügungen der Verstorbene über sein Eigentum getroffen hatte. Es war höchst unwahrscheinlich, dass der Marschall seinem unpraktischen Gemahl Vertrauen geschenkt hatte. Wurde alles Gabrielle überlassen? Wahrscheinlich. Der Abbé war mit seiner Umfrage zufrieden. Durch den Tod von de Brèze änderte sich die Situation völlig. Er, Pharamond , muss durch geschicktes Management die Marquise dazu bringen, sich immer mehr auf ihn zu verlassen. Es muss auch Einfluss auf den Marquis ausgeübt werden, der in der plötzlichen Befreiung von lästigen Zwängen gezwungen sein könnte, etwas Unvorsichtiges zu tun. Ja, der Horizont war rosig – Wolken der Schwierigkeit rollten davon. Während er in seinen geschmeidigen Fingern sowohl den Mann als auch die Frau hielt und die gebührende Herrschaft über den trinkfreudigen Chevalier ausübte, wäre es merkwürdig, wenn der Abbé nach und nach sein Ziel nicht erreichen würde.

Kapitel XVI.
Der Abbé ist furchtbar ratlos.

Weitere Überraschungen verwirrender Art erwarteten unseren Abbé in der Hauptstadt, die die zunehmende Klarheit seines Himmels verwischte. Die vorübergehende Ruhe in der Touraine hatte ihn getäuscht, denn in anderen Teilen Frankreichs hatten sich Ereignisse von schwerwiegender Tragweite abgespielt, von denen er bisher nichts wusste. Der Abschaum der Erde war im allgemeinen Aufruhr, wie er befürchtet hatte, an die Oberfläche gestiegen und hatte einen ekelerregenden Geruch verströmt .

Namen, die ihm unbekannt waren, waren in aller Munde, und als die letzten Zweifel verflogen waren, erkannte er mit Sorge um seine eigene Sicherheit, dass das Staatsschiff, geführt von solchen Agitatoren, die er um sich herum sah, zum Untergang prädestiniert war. Von seiner Neugier getrieben, besuchte er die Treffen neuer Clubs und war erstaunt über die dort verwendete Sprache – Worte, die vor ein paar Jahren die Köpfe der Redner in Gefahr gebracht hätten. Er las die *Ami du Peuple* , eine populäre Zeitschrift, herausgegeben von Marat, die sich offen für den Königsmord einsetzte; und lernte eine abweisende Person mit grünlicher Gesichtsfarbe und glattem Aussehen kennen, die die Leute Robespierre nannten. Sollten diese jemals die Oberhand über das Durcheinander erlangen, standen Frankreich düstere Tage und viel Drangsal für die Nachkommen des Adels bevor. Ihre Majestäten residierten immer noch in den Tuilerien, aber wie zerschlissen war der königliche Hermelin! Aus Angst vor Beleidigungen wagte die Königin nicht, aus dem Fenster zu schauen. Als der Wachtposten einmal in einen Innenhof ging, um Luft zu schnappen, schüttelte er ihr die Faust und erklärte höflich, wie erfreut er wäre, ihren Kopf auf seinem Bajonett zu haben. Anarchie und Verbrechen gingen Hand in Hand und blieben nicht länger im Schatten; und das Schlimmste von allem war, dass die Bewegung, die Pharamond beobachtet hatte, Anzeichen dafür zeigte – was inzwischen auch der blindeste aller Maulwürfe erkennen konnte –, dass es sich nicht um eine vorübergehende Bewegung handelte, die durch Eingriffe von außen unterdrückt werden konnte. Eine mächtige Nation hatte sich in ihrer Kraft erhoben, um gegen unerträgliche Missbräuche zu protestieren, und so viele Schurken und Verrückte hatten sich in einem wilden Kreuzzug gegen die etablierten Dinge erhoben, dass es kein Wunder war, dass sie den Verstand verlor. Es stimmt, ein großer Teil der Schurken und Verrückten war in dem Konflikt bereits untergegangen und hatte sich gegenseitig Stück für Stück verschlungen; Doch als diese verschwanden, traten andere, genauso abscheuliche, an ihre Stelle.

Der lange drohende Zusammenstoß mit anderen Nationen war zu diesem Zeitpunkt bereits eine Tatsache. Das Land wurde offiziell als gefährdet eingestuft. Der gesamte verbleibende Besitz der Geflohenen wurde aufgrund eines vor einiger Zeit erlassenen Edikts beschlagnahmt, um die Kosten des Konflikts zu decken.

Der erste Akt von besonderer Bedeutung, der dem Abbé mit Vorsicht geboten wurde, war ein Gewandwechsel, denn im April, als Religionsgemeinschaften aufgelöst wurden, war das Tragen kirchlicher Kostüme verboten. Wenn die Religion stürzt, zeigt sich das Chaos.

Angesichts dessen, was er von allen Seiten sah, könnte Pharamond durchaus besorgt sein und der Verlesung von de Brèzes Testament mit Interesse entgegensehen . In seinen Pergamentfalten lag der Schlüssel für die Zukunft, denn von den in dem Dokument dargelegten Bedingungen hing das Schicksal der Partei ab, und er konnte nicht umhin, ernsthafte Bedenken hinsichtlich unbequemer Bestimmungen zu hegen. Er hatte sich geirrt, als er annahm, dass der Sturm bei Lorge überstanden werden könnte ; Davon sprach alles, was er in Paris sah, mit Beredsamkeit. Früher oder später wäre jeder Adlige im Land gezwungen auszuwandern oder sein Leben aufs Spiel zu setzen. Es ging lediglich darum, wie sehr sich ihre Partei früher oder später dem Exodus anschließen musste.

Es war ein Glück, dass de Brèze den Großteil der Geldsäcke schon vor langer Zeit bei Neckers Bank in Genf deponiert hatte. Das Schloss von Lorge muss seinem Schicksal überlassen werden. Es spielte wirklich keine Rolle, denn wenn wir die nötigen Mittel zur Verfügung stellten, würden Paläste entstehen, wenn wir um geeignete Plätze baten. Es war wichtig, unverzüglich zu erfahren, ob er sein Vermögen vollständig der Marquise überlassen oder es unter der Obhut von Treuhändern zu ihren Gunsten übertragen hatte. Im letzteren Fall war sie in Sicherheit, denn es wäre notwendig, immer höflich zu ihr zu sein, was ermüdend sein würde; Im ersten Fall muss sie überredet werden, mit den Brüdern das Land zu verlassen und an einen ruhigen Ort zu gehen, wo sie sich geschickt aufhalten kann nach ihren Wünschen geformt . Aber was wäre, wenn sie sich aus einer Laune heraus weigerte oder wenn es besondere Bestimmungen gäbe, die ein Flitzen verhindern würden? Nach diesem raffinierten Trick mit dem geheimen Brief konnte man ihrer offensichtlichen Offenheit nicht mehr trauen. Naja, müßige Spekulationen hatten keinen Sinn. Es war auf jeden Fall ein äußerst glücklicher Umstand, dass ihr einziger Beschützer tot war.

M. Galland las den Brüdern das Testament in Abwesenheit der Erbin vor, denn sie war zu sehr von ihrem Verlust betroffen, um sich um die Bestimmungen des Testaments zu kümmern; und Clovis tobte währenddessen innerlich, denn der Anwalt hatte eine zweifelhafte Art, von einem der drei zum anderen zu blicken, die man kaum als respektvoll bezeichnen konnte. Die Wirkung der Lesung auf die Prüfer war merkwürdig unterschiedlich. Der Chevalier blinzelte und lächelte, als hätte er kaum verstanden; Der Abbé war nicht unzufrieden, nickte von Zeit zu Zeit höflich und schnurrte zufrieden aus; Clovis hatte viel Mühe, seine Enttäuschung zu verbergen.

Das Anwesen wurde vollständig der Marquise überlassen, das Testament war neu und wurde wenige Stunden vor seinem Tod unterzeichnet. Es wurde mit äußerster Sorgfalt formuliert, so dass das gesamte Erbe zu ihrer eigenen Verfügung stehen sollte, außerhalb der Reichweite von Clovis und anderen. Für den klugen Pharamond schien dies eine Kleinigkeit zu sein, denn hatte die Dame nicht in der Vergangenheit gezeigt, dass sie Schlacken gleichgültig gegenüberstand, und wäre es nicht ein amüsantes Stück Diplomatie, sie auf die Entsorgung dieser Schlacken hinzuweisen? Es gab keine lästigen Auflagen: So weit, nun ja; und der kluge Geist des Abbés begann sofort mit der Errichtung neuer Kartenschlösser zur Unterbringung der begehrten Geldsäcke. Clovis war verärgert, was ein guter Punkt war, den man später mit Vorteil ausnutzen konnte . Es war offensichtlich, dass seine Eitelkeit bis zum Äußersten berührt war, denn obwohl er von tiefem Groll erfüllt war, schwelte dieser umso heftiger, als er sich schämte, es zu zeigen.

Sollte seine Frau ihm für den Rest seines natürlichen Lebens mit der Zange in die Nase knabbern? Sollte er ein gehorsamer Leibeigener sein, der ohne ihre ausdrückliche Zustimmung keinen Stiver berühren durfte? Zum Zeitpunkt seiner Heirat störte ihn dieses Thema nicht, denn da das Geld dem Marschall gehörte , musste er sich vorerst seinem schrulligen, aber nicht illiberalen Verhalten unterwerfen. Aber jetzt, wo er tot war? Der Ehemann sollte sich unter dem Joch beugen, unter der Fuchtel seiner Frau stehen, die kürzlich gezeigt hatte, dass sie sich durchsetzen konnte, und die diese natürlich, jetzt, da sie ihre Macht kannte und ihren Ehepartner nicht mochte, nutzen würde um ihn zu unterdrücken und zu verletzen.

Gallands Büro nach Hause ging , geriet der sonst so verträumte Marquis in Zorn, den Pharamond in Flammen aufgehen ließ.

„Mein armer Kerl", sagte er, „ich blute für dich, aber wir müssen das Beste aus unserer schlechten Arbeit machen. Sei höflich zu ihr, immer höflich, und sie wird dich in ihre Handtasche stecken lassen."

„Lassen Sie mich tatsächlich!" knurrte Clovis verzweifelt.

Genau hier drückte die Zange am schmerzhaftesten. Sein Geruchsorgan kribbelte immer noch von den Bewegungen, die es im Zuge der Vertreibung der Affinität erfahren hatte, und nun wurde er ermahnt, sich demütig hinzusetzen und dem Folterer die Nase entgegenzustrecken.

„Ich nehme an", rief er verärgert, „dass ich sie jedes Mal, wenn ich ein neues Paar Hosen benötige, auf meinen bloßen Knien anflehen muss, die Bestellung zu unterzeichnen."

Prächtig! Der Abbé war hocherfreut, denn das war genau der Geisteszustand, in dem er seinen Bruder sehen wollte. Wäre das Vermögen wie angemessen in den Händen des Ehemanns belassen worden, wären die Taktiken des klugen Mannes mit einfacher Klarheit vorgezeichnet worden. Er hätte seine Macht über den Marquis ausgeübt, um seinen Anteil an der Beute zu erhalten. Aber bei jemandem, für den Intrigen wie der Atem des Lebens waren, konnte eine so eintönige Art, Geschäfte zu regeln, keinen Anklang finden . Wenn wir ein Bündel Stöcke zerbrechen würden, lösen wir die Schnur, die sie zusammenhält, und bearbeiten jedes einzeln. War es nicht endlich möglich, die persönliche Kommunikation zwischen Mann und Frau zu beenden und sich als Vermittler zu etablieren und alle Gelegenheiten zu nutzen? Je weiter er sie voneinander entfernte, desto größer würde sein eigener Einfluss werden, und wie die Dinge lagen, könnte es bald von größter Bedeutung sein, eine feste Autorität zu etablieren. Zu diesem Zweck klopfte er seinem wütenden Bruder mit liebevoller Vertrautheit auf die Schulter.

"Komm, komm!" er lachte. „Es sind nur dumme Kinder, die um ihr Brot und ihre Butter streiten. Das Vorgehen des Marschalls war bösartig und absurd. Zügeln Sie Ihre Gefühle und vergraben Sie Ihren Kummer tief in Ihrem Inneren, und lassen Sie sie niemals Ihre gerechteste Empörung erraten. So werden Sie nicht sein Wenn ich es verhindern *kann* , wäre ich weitaus erniedrigt, persönlich auf Geld klagen zu müssen. Sie mag und vertraut mir. Lassen Sie mich Ihr Geschäftspartner sein *und* als Vermittler zwischen Ihnen fungieren.

Clovis war dankbar, dass er auf diese Weise aus einer demütigenden Lage gerettet wurde, und Gabrielle stimmte der Vereinbarung stillschweigend zu, ohne viel über das Thema nachzudenken. Sie schreckte natürlich davor zurück, sich zu oft mit dem Mann zu unterhalten, den sie nicht mehr liebte.

„Was er für seine Freuden will, kann er haben und willkommen heißen", sagte sie mit einem traurigen Lächeln; „Aber er darf nicht übermäßig verschwenderisch sein. Victor und Camille zuliebe werde ich mich zu einer schrecklichen Geschäftsfrau entwickeln. Wenn sie erwachsen werden, werden sie Grund haben, mich für meine Sparsamkeit zu segnen."

Eine Geschäftsfrau? Das würde niemals gehen. Aber es bestand keine Gefahr. Die charmante Dame war nicht mit geschäftlichen Fähigkeiten ausgestattet. Ihre Kinderverehrung war ziemlich ermüdend. Würde es zu demütigenden Komplikationen führen? *Nicht* , wenn mit dem sensiblen Instrument ihres Charakters mit Vorsicht gespielt wurde. Zu denken, dass diese nie ausreichend verfluchte Aglaé so dumm gewesen sein sollte, zu versuchen, sie durch die verehrten Putten anzugreifen – Äpfel der mütterlichen Augen!

Nun, dieser Marplot war längst aus dem Weg geräumt, und der Abbé war froh, keinen so betrügerischen Koadjutor mehr zu haben. Er nutzte die erste Gelegenheit, um die Marquise über zukünftige Pläne zu befragen. Seiner Ansicht nach war es angebracht, dass die Familie sich ruhig nach Genf begab, um dort die Geldsäcke wieder zu vereinen, und es wäre gut herauszufinden, ob sie in ihrer neuen Funktion vorschlug, ihren Fuß zu fassen. Deshalb bemerkte er eines Tages, dass Paris ein brodelnder Kessel sei, aus dem es klug sei, zu fliehen.

„Nein“, antwortete Gabrielle ruhig, „ich habe im Moment nicht die Absicht zu gehen; mein Platz ist hier, und ich bin kein Poltroon. Meine Mutter will mich und die Königin auch; und es gibt viel Geschäftliches mit M. zu vereinbaren.“ . Galland . Die Kleinen sind glücklich in Lorge mit Toinon , wo wir sie später besuchen werden.

„Aber Lorge könnte über unseren Köpfen verbrannt werden“, wandte Pharamond ein . „Entschuldigen Sie, aber Sie begreifen die Situation nicht, die viel ernster ist, als Sie vermuten.“

„Ich werde Frankreich auf keinen Fall verlassen“, erwiderte Gabrielle entschieden. „Niemand wird uns in Touraine etwas tun, denn wir werden geliebt und respektiert, und die Herzen der Menschen sollen unsere Bollwerke sein.“

Das war eher ein schlechter Anfang für das neu eingeführte Regime. Es war unwillkommen offensichtlich, dass der Fuß unten war. Sie hatte ihren Mann nie erwähnt oder auf seine möglichen Wünsche hingewiesen. Das war bedeutsam. Pah! Sie war eine Frau, die gezwungen war, sich auf andere zu stützen, und gerade jetzt wurde sie von der Königin, dem Familienanwalt und anderen aufdringlichen Beratern unterstützt und dadurch dazu gebracht, eine Unabhängigkeit anzunehmen, die ihrer Natur fremd war. Sie wollte also unbedingt nach Lorge zurückkehren ? Nun gut, der Aufenthalt muss kurz sein. Da die provisorischen Requisiten zurückgelassen wurden, mussten andere bereitgestellt werden – von ihm. Innerhalb der Mauern des düsteren Schlosses konnte Druck ausgeübt werden, und sobald es dringend sein sollte, zu fliehen, nun ja, dann sollte es zu einem Flitzen kommen. Im Moment war sie die Herrin der Situation, und bis eine Änderung herbeigeführt werden konnte, musste sie unangefochten ihren Willen durchsetzen.

Was Clovis betrifft, der viel Freizeit zur Verfügung hatte, verbrachte er seine müßigen Stunden mit Grübeln und Bedauern und der Sehnsucht, die die Menschheit befällt, Dinge zu haben, die anders sind als sie sind. Er war sowohl fasziniert als auch angewidert von den Szenen, die sich um ihn herum abspielten, Episoden, die dazu dienten, die aus privaten Sorgen resultierende Verärgerung zu verstärken.

Er wurde von dem Gedanken heimgesucht, dass der Maréchal, wenn Gabrielle davon Abstand genommen hätte, diesen Brief zu schreiben, nicht so über sein Eigentum verfügt hätte, um es seinem Schwiegersohn zu sichern. Aber diese schlaue Unverschämtheit seitens der Dame, die seinen Namen trug, hatte alles in Aufruhr versetzt. Ohne sie wären vielleicht alle Befürchtungen beseitigt. Er wäre unabhängig gewesen; hat sich und die magische Wanne unter der Führung der lieben Affinität in ein anderes Land begeben; sind dem Trubel der Politik, dem lauten Geschwätz von Schurken und Halsabschneidern entkommen; Genießen Sie in Ruhe den Applaus und die Gelassenheit, die mit Erfolg in der Wissenschaft einhergehen. Stattdessen war er hier, der Marquis de Gange , und trat in einer Hauptstadt auf die Beine, die in ihren wilden Abläufen der geistigen Phantasmagorie ähnelte, die einer Verdauungsstörung folgt, und der sogar der tröstenden Gegenwart derjenigen beraubt war, die ihn zu trösten wusste.

Pharamond war auf seine Weise zwar sehr gut, immer zuvorkommend und fröhlich, aber irgendwie hinterließ seine Süße einen bitteren, sogar beißenden Geschmack im Mund. Wie das sein sollte, konnte Clovis nicht begreifen, denn es bestand kein Zweifel daran, dass der Abbé die traurige Lage seines Bruders aufrichtig bedauerte und alles in seiner Macht Stehende tat, um die Dornen zu beschneiden, die ihn stachen. Während Clovis meditierte, tauchten immer wieder Themen auf, die er unbedingt mit der Gouvernante besprechen wollte; aber leider, leider! Dank der wahnsinnigen Eifersucht einer äußerst nervigen Frau war der Charmeur verschwunden — ihr Ort kannte sie nicht mehr!

Das Grübeln über vergangene glückliche Tage führt zu Bissigkeit und nach einem Wiederkäuen zu chronischer Verdrießlichkeit und nagender Unzufriedenheit. Manchmal bemühte sich der Marquis, aus düsteren Träumereien aufzuwachen und sich für das Geschehen zu interessieren; aber die Betrachtung darüber führte nur zu noch mehr Missbilligung, denn er befand sich in einer Gesellschaft, die ihn empörte. Zu glauben, dass er, ein Adliger von hohem Rang, sich Seite an Seite mit dem niederen, schmutzigen Schreiberling mit schlechtem Mund wiederfinden würde, dessen Name Marat war! Wahrlich, der Freund des Volkes! Wenn ein Wolf ein Tagebuch schreiben könnte, könnte das Tier nicht blutdurstiger sein. Blut — nicht in Tropfen aus einer einzigen Brust, nicht einmal in einem Fluss aus dem Abschlachten von Familien. Er heulte nach dem purpurnen Schnaps in der Fülle eines Ozeans aus der instinktiven Liebe dazu, die den Tiger dazu treibt, sein verstümmeltes Opfer zu zerreißen, nachdem sein Hunger gestillt ist. Dann musste er höflich zu diesem eleganten Robespierre sein, von dem sein Instinkt flüsterte, er sei einer der kommenden Männer — einer, dessen Talente unbedeutend und rednerisch erbärmlich waren, der aber mit einer leidenschaftslosen, unerschütterlichen, erbarmungslosen Beharrlichkeit, die entsetzlich war, seinem Ziel voranschritt; Einer, der mit apathischer Grausamkeit prahlte, dass die Selbstverbrennung einer Generation nichts wert sei, um einen Punkt zu gewinnen; der bereits nach der Opferung der königlichen Familie und aller, die vom Adel befleckt waren, verlangte .

Den Palast zu besuchen bedeutete, von empörtem Mitleid abgelenkt zu werden. Obwohl der Sohn von St. Louis immer noch von Silbertellern aß, wurden die aufwändigsten Vorkehrungen getroffen, um ihn vor Gift zu schützen. Der Wein, den er trank, das Essen, das er aß, wurde ihm heimlich von ergebenen Freunden vorgestellt. Nicht ein Stück kam über seine Lippen, das aus den königlichen Küchen stammte. Die Dinge waren so weit gegangen, dass es – wie der unglückliche König am Vorabend der Varennes-Katastrophe erkannt hatte – keine andere Sicherheit mehr als die Flucht gab. Seine Freunde in Paris konnten ihm wenig nützen, denn er war ein ebenso enger Gefangener in den vergoldeten Tuilerien wie der Verbrecher in seiner Zelle – in einer schlimmeren Lage als der verurteilte Attentäter in seinem Gefängnis, den der Pöbel nicht verfolgen durfte.

Clovis konnte jetzt genauso klar erkennen wie Pharamond , dass eine so akute Situation nicht von Dauer sein konnte. Es handelte sich um einen Krisenzustand, der fast seinen Höhepunkt hätte erreichen sollen und der in eine Katastrophe zu münden drohte. Und hier verweilte die Gange- Familie auf höchst unerwünschte Weise, anstatt sich rar zu machen und der Gefahr zu entkommen. Wie wir wissen, war Chlodwig nicht allzu mutig und zog wissenschaftliche Triumphe den militärischen vor. Wenn andere Adlige die Situation aus weiter Ferne betrachteten, warum sollte er das nicht auch tun? Was ging ihn daran, dass der anhaltende Zustrom von Landbesitzern die öffentliche Meinung aus dem Gleichgewicht gebracht hatte und dass der Exodus derer, die sich um ihren Monarchen hätten scharen sollen, tatsächlich die größte Ursache für das drohende Elend war? Indem der französische Adel sein Heimatland in der kritischsten Phase seiner Geschichte verließ, hinterließ er einen Schandfleck auf seinem Orden, der möglicherweise niemals ausgelöscht werden wird. Zu diesem Zeitpunkt hatten nicht weniger als hunderttausend der einflussreichsten Schichten ihrem Land den Rücken gekehrt!

Der Marquis ermahnte und flehte seinen Bruder an, mit Gabrielle zu sprechen und sie zu bitten, vernünftig zu sein und zu gehen, bevor es zu spät sei. Mit völliger Wahrheit erklärte Pharamond (ausnahmsweise) , dass er sein Bestes getan hatte – dass Gabrielle hartnäckig war und sich weigerte, nachzugeben – und fügte mit einem versöhnlichen Lächeln hinzu, dass Clovis die ungestörte Ruhe üben müsse , die einem ruhigen Geist entspringt;

dass die Erbin weniger eigensinnig und rücksichtsvoller sein würde, wenn das neue Vorrecht, Menschen zu verwalten, vertrauter wäre.

„Es war schade", stöhnte Clovis, der wirklich zunehmend Angst bekam. Nachdem die Einzelheiten der Erbschaft geklärt waren, was sollte eine Gruppe von Provinzialen zurückhalten, die in der gefährlichen Nähe des Strudels nichts mehr zu suchen hatten? Wenn das Erbe ordnungsgemäß hinterlassen worden wäre, wäre alles gut gewesen; Denn nichts wäre natürlicher, als dass das Familienoberhaupt einen gebieterischen und würdevollen Befehl zur sofortigen Abreise erteilen würde. Sogar Gabrielle, die sich standhaft weigerte, zu den Auserwählten zu gehören, hätte aufgrund ihrer sanften Abstammung die menschenfreundliche Gesellschaft eines Adepten und die Tugenden einer magischen Wanne in sicherer Entfernung der Chance vorziehen sollen, sich gegenseitig zu begegnen mit einem Marat oder einem Robespierre, oder ertragende, blaustrumpfende Vorträge einer Emporkömmlings-Madame Roland. Obwohl jung und gutaussehend, war diese Person eine politische Schreiberin – ein schrecklicher Präzedenzfall! Aber die Widersprüchlichkeit der weiblichen Natur ist sprichwörtlich. Wie zu erwarten war, freute sich die Erbin über die Schande derer, die sie an der Leine hielt, und weigerte sich, den Trubel zu verlassen, nur um ihren Mann zu ärgern.

In dieser Hinsicht stimmte Pharamond Chlodwig voll und ganz zu. Durch das Verweilen in Paris konnte man nichts anderes gewinnen als mögliche Missgeschicke; und er war umso begierig darauf, wegzukommen, als er sich dort wie ein Nichts wiederfand. Die Felder, die er niederbrannte, um sie zu bewirtschaften, lagen brach. Sein Kartenhaus kam nicht voran; er schien tatsächlich an Boden zu verlieren. Der Abbé war ein fleißiger Biener, dessen Zeit verschwendet wurde.

Wären Gabrielle und Clovis nicht hoffnungslos entfremdet worden, hätte sie ihm vielleicht ihre tiefe Trauer um die Königin anvertrauen können und ihre unerschütterliche Entschlossenheit, an ihrer Seite zu bleiben, solange sie von Nutzen sein konnte. In besseren Zeiten war die Königin ihre Wohltäterin gewesen, und sie liebte sie wie alle, die sie gut kannten.

Aber die Tage des Vertrauens waren nun vorbei und würden nie wieder in Erinnerung bleiben. Die Jahreszeiten wechselten, und der Frühling kam wieder und fand das De Ganges immer noch in Paris vor.

Es ist nur fair zu sagen, dass Clovis die Stellung Ihrer Majestäten bedauerte; Aber da er ein temperamentvolles Temperament hatte, hatte er schon vor langer Zeit entschieden, dass unangenehme Dinge, an denen nichts geändert werden konnte und die ihm keinen Schaden zufügten, sofort beiseite gelegt werden sollten.

Die unglückliche Marie Antoinette! Soll damit die Tatsache alltäglicher Ungerechtigkeit unterstrichen werden, dass die Unschuldigen so oft zu Sündenböcken für die schwarzen Schafe werden? Es gab keine Abscheulichkeit, wie ungeheuerlich sie auch sein mochte, zu der sie der von professionellen Agitatoren in den Wahnsinn getriebene Mob nicht zugetraut hätte. Mord, Ehebruch, Diebstahl.

Manchmal erinnerte sie Gabrielle traurig an den Abend – es muss tausend Jahre her sein –, als sie ihre Horoskope besprochen hatten. „Die eisernen Grabtücher umhüllen mich, wie vorhergesagt, langsam", sagte sie, „um meinen Atem zu ersticken und meine Knochen zu zermalmen. Ich hoffe und glaube, liebe Gabrielle, dass dein Prophet gelogen hat, denn du bist zufrieden und gesund." Wir müssen alle lernen, dass Glück nicht existiert. Das wird vielleicht zu einem späteren Zeitpunkt der langen Reise als eine neue und willkommene Bekanntschaft auftauchen. Dir geht es gut, meine Liebe, und ich bin froh, aber ich werde dich vielleicht nicht behalten, denn hier stehen wir unter dem Verbot. Ich möchte nicht, dass die wenigen Gläubigen das Schicksal teilen, das täglich näher rückt.

Gabrielle seufzte, behielt aber ihren Rat, denn warum sollte sie jemandem, der so schwer getroffen war, ihre eigenen Sorgen zufügen? Inhalt? Nein. Nicht einmal das – geschweige denn glücklich. Sie, die Mitgefühl und Unterstützung so sehr brauchte, dass sie ohne sie ihre Nerven spürte gelähmt , hatte erkannt, dass alle Kämpfe unseres inneren Lebens allein, Hand in Hand, in Einsamkeit ausgetragen werden müssen und dass kein Freund, nicht einmal der liebste, uns in diesem Konflikt helfen kann. So viel hatte sie während des stundenlangen Austauschs in Lorge gelernt , und die Entdeckung bestürzte sie. Im Jenseits, sagen die Christen, gibt es kein Heiraten oder Heiraten. Jede Seele ist eine einzige Einheit, die Bande der Lebensketten sind zerbrochen. So ist es auch in diesem Leben, obwohl viele es nicht sehen; Wenn es zum echten Kampf kommt, steht der Geist ohne Hilfe da, ohne Beistand von außen, um zu triumphieren oder allein zu fallen.

Es war ihr sehnlicher Wunsch, neben der Königin zu bleiben und sie anzufeuern, und dadurch auch sich selbst anzufeuern. Sicher zu sein, dass sich jemand nach ihrer Ankunft sehnte und dass ihr Erscheinen in einer Tür wie das Glitzern eines willkommenen Sonnenstrahls war, war nach den grausamen Erlebnissen von Lorge ein neuartiges und erfrischendes Gefühl . Es bestand kein Grund, sich um die Wunderkinder zu kümmern, da sie unter der Aufsicht von Toinon und ihrer Verlobten die beste Luft genossen . Auch die alte Mutter, die die ständigen Scheltworte des jähzornigen Verstorbenen schmerzlich vermisste, brauchte ihre Anwesenheit, denn war sie nicht hilfloser als ihr Kind? Gabrielle hatte, beraten von M. Galland , beschlossen, dass die alte Dame in ein kleines Haus von bescheidenem Aussehen in einem Vorort ziehen sollte, wo sie unbeschadet von revolutionären Turbulenzen dahinvegetieren konnte, und vereinbarte mit dem Anwalt der Familie, ein wachsames Auge auf sie zu haben .

Die Marquise hatte also verschiedene Gründe, in der Hauptstadt bleiben zu wollen.

Müßiggang bringt die schlechten Seiten der meisten Menschen zum Vorschein; und sowohl Chlodwig als auch Pharamond waren unruhig. Da dieser nichts anderes zu tun hatte, musterte er seinen Bruder aufmerksam, und das Vorgehen steigerte seine Unruhe. Clovis ärgerte sich und kochte und gähnte und wünschte sich weg, während er gespannt auf die heimtückischen Anspielungen des Abbés lauschte und dann vor sich hin knurrte und murmelte. Er hatte etwas im Kopf, das er zurückhielt. Es war nicht gut, dass er dem Abbé etwas vorenthalten sollte , also machte sich der Sohn der Kirche daran, das Geheimnis mit passenden kleinen Scherzen bei der Beichte zu enthüllen. Es war, als würde ihm sein Instinkt Angst einflößen. Clovis sehnte sich nach der fehlenden Affinität.

Pharamond hatte Grund zu der Annahme, dass seine eigene Macht seit der Ankunft von Mademoiselle Brunelle dauerhaft geschwächt worden war. Wie er zu Gabrielle gesagt hatte, war es notwendig, dass eine Frau den Zügel in der Hand hielt, um dieses schwankende Exemplar der Fleischlichkeit völlig unter Kontrolle zu bringen; und – ohne sein Verschulden – war der Abbé zufällig ein Mann.

Der Marquis war sich der Freuden weiblicher Gesellschaft bis zur Ankunft der bezaubernden Gouvernante nicht bewusst, und Pharamond verstand nun mit Widerwillen, dass Clovis, obwohl das Thema tabuisiert worden war, sich immer noch nach seiner Affinität sehnte. Er erinnerte sich an die Abschiedsworte von Aglaé im Moment ihrer Verbannung. „In der Einsamkeit des Landes", hatte sie gesagt, „würde der Neuling sie vermissen." Die Hauptstadt in ihrem heutigen Aussehen war für ihn ebenso einsam, denn er war schon immer mehr oder weniger ein Einsiedler gewesen, und die meisten seiner Stadtfreunde hatten sich der Armee der Auswanderer angeschlossen.

Eifer aufgenommen und vermisste seinen verstorbenen Kameraden von Tag zu Tag mehr. Als sich seine Lippen öffneten, legte er dem Kirchenmann sein Geständnis vor; Pharamond dachte bestürzt darüber nach, dass, wenn der Tempel lange Zeit ohne seinen Bewohner bliebe, ein neuer hereinkriechen und ihn bewohnen könnte. Was sollte diesen schlaffen Clovis, der die Leere so sehr spürte, davon abhalten, einen anderen Adepten zu suchen, ja sogar, sich bei Mesmer um eine weitere Sirene wie die letzte zu bewerben? Und wenn ja, was ist dann mit dem Abbé und seinen Plänen? Obwohl der Abbé und die Gouvernante nicht so gefügig waren, wie man es sich nur wünschen konnte, und zu leichtfertigen Täuschungen neigten, gelang es ihnen, reibungslos zusammenzuarbeiten. Das war bewiesen. Angenommen, er packte den Stier bei den Hörnern und sorgte geschickt dafür, dass sie wieder in die *Ménage aufgenommen wurde*. Wäre sie dann dankbar und würde mit *Peccavi-Singen* versprechen, sich in Zukunft besser zu benehmen? Dankbarkeit ist ein so knappes Gut! Und mit welchem Kunstgriff konnte sie wieder vorgestellt werden, ohne einen Wirbelsturm an Protesten auszulösen? Wenn es Chlodwig andererseits erlaubt wäre, einen anderen Anführer zu finden, könnte die neue Affinität ein Bündnis mit dem Abbé meiden und sich sogar bewusst für seine Unterdrückung einsetzen. Wie kompliziert das Spiel! Wie schwer waren seine Karten zu spielen! War es sicher, den Ball rollen zu lassen, oder muss dies mitten in der Karriere überprüft werden? Wie würde sich die Marquise angesichts der Erscheinung ihrer Rivalin ohne elterliche Unterstützung verhalten? Das waren knifflige Probleme, und ein weiterer falscher Schritt könnte zu unheilbarem Unbehagen führen. Obwohl es unmöglich war, weit nach vorne zu sehen, war es notwendig, sich Schritt für Schritt wie ein blinder Mann zu fühlen, der tastend vorgeht. Was für eine heikle Operation, um die massive Form des Täters wiederherzustellen! Aus welchem Grund, da sie nach all dem, was vergangen war, nicht in der Lage war, die Eigenschaften einer Lehrerin anzunehmen? Bewegte die Fragmente seines Puzzles, wie er wollte, sie passten nicht zusammen, und der Abbé knirschte vor Wut mit den Zähnen und gestand, dass er im Moment ratlos war.

Wenn die Marquise nur dazu gebracht werden könnte, schnell nach Hause zurückzukehren und sich dem Einfluss ihrer Anhänger zu entziehen. Wäre es gut, eine fiktive Nachricht über die Krankheit der Lieblinge verschicken zu lassen? Ein Stück Papier von nur wenigen Zentimetern im Quadrat würde ihre Post blitzschnell an Lorge zurückschicken; Aber als sie dann herausfand, dass sie getäuscht worden war, kam Verdacht auf und sie war wachsam. Konnte Clovis überredet werden, ohne sie nach Hause zu gehen? In diesem Fall müssen seine Brüder ihn begleiten, damit er nicht, wenn er sich selbst überlässt, etwas Bedauerliches tut; und es war gleichermaßen wichtig, sowohl die Ehefrau als auch den Ehemann im Auge zu behalten.

Abbé drehte das Thema immer wieder mit unendlicher Sorgfalt um und gab mit einem ungeduldigen Seufzer zu, dass er vorerst machtlos sei und dass man den Ball rollen lassen müsse. In der Zwischenzeit wäre es ratsam, den Kontakt zur Gouvernante nicht zu verlieren, damit sie nicht eines Tages, wenn sie gewollt wird, einrostet und ihn der Vernachlässigung beschuldigt. Dementsprechend setzte er sich hin und schrieb einen langen und unterhaltsamen Brief voller listiger Witze und anschaulicher Beschreibungen, der mit der Versicherung endete, dass der Marquis es nicht vergessen habe und dass der bescheidene Schreiber ihr Sklave sei.

Nachdem er diese Vorsichtsmaßnahme getroffen hatte, ließ er sich mit den Händen vor sich treiben und ließ sich treiben. Es dauerte nicht lange, bis er die Richtung der Strömung erkannte.

Es war der zwanzigste Juni. Der Tag war mild und die Fenster waren offen. Die Königin saß zurückhaltend *in* ihrer winzigen Bibliothek und erzählte der Marquise de Gange von den bedrohlichen Ereignissen des Morgens. Paris war ein Pferch voller Schafe, die jetzt von zu vielen Hirten abgelenkt wurden – ein Wetterhahn war das treffendste Symbol. Was jeden Tag geschah, wäre lächerlich, wenn nicht die grelle Wolke darüber mit ihren blutroten Rändern und das leise Grollen des Donners gewesen wären, das von Stunde zu Stunde deutlicher zu hören war. Die Versammlung, deren Aufgabe es war, die Nation zu leiten, war nicht besser als eine Höhle schädlicher Tiere, von denen jedes darauf aus war, seinen Nachbarn zu beißen . Der Präsident hatte den schweren Fehler begangen, die Schleusen zu den Gewässern zu öffnen. Die heiligen Bezirke, über die er herrschte, wurden einem Pöbel von dreißigtausend Schurken offen gelassen, die sich mit durch Neuheiten angeregter und erfolgstrunkener Fantasie die schmutzigen Lippen leckten und sich auf weitere Schandtaten vorbereiteten. Frauen tanzten wie Mœnads und schwenkten einen Hecht in der einen und einen Olivenzweig in der anderen Hand – Symbole für Frieden und Krieg. Aus einem Chor kräftiger Kehlen erklangen die bekannten Klänge von *Ça Ira* . Die ungepflegten Träger der Märkte, die Leichenarbeiter aus den Kellern von St. Antoine; Eine schwache Truppe, eine stämmige Bande von Raufbolden, die gleichermaßen auf Unfug aus waren, schwenkten grobe, an den Enden von Knüppeln befestigte, gezackte Eisenstücke. Die Versammlung nahm kein Ende. Frauen, die von der Teufelshysterie besessen sind – Männer, die von den Frauen wütend und aufgeregt sind. Mehr Männer – mehr Frauen – Frauen – Männer. Was wollten sie? Was war der Zweck der Saturnalien in den heiligen Bereichen der Versammlung? Zerrissene Hosen wurden mit dem Ruf „ *Vive les sans culottes!* " hochgehalten. Jemand schwenkte einen Spieß in die Luft, auf dem das blutende Herz eines Kalbes durchbohrt war. Durch den Tropfen konnte die gekritzelte Beschreibung entziffert werden: „Das ist das Herz eines Aristokraten!"

„Wenn die anerkannten Autoritäten so bärtig wären, was kommt dann?" schlug Marie Antoinette vor. „Wir marschieren geradewegs unserem Untergang entgegen. Wir wissen es, und da wir unschuldig sind, blicken wir dankbar auf das Ende. Aber wenn wir geopfert werden – was dann – danach. Après?"

Als Gabrielle versuchte, ihre Wohltäterin davon zu überzeugen, dass sie die Dinge *en noir sah* , warf diese ihren hochmütigen Kopf zurück. „Der Konflikt mit dem Unvermeidlichen ist nicht immer ein absurder Spott, denn

Selbstachtung besteht, wenn wir unschuldig sind, auf einem Kampf auf Leben und Tod."

Während sie sprach, erklang ein leises Grollen, das jede Sekunde lauter wurde und ein Echo dessen zu sein schien, was ihrer Meinung nach die Versammlung vor ein paar Stunden bestürzt hatte, was dazu führte, dass die Damen einander alarmiert ansahen. Was war das für ein bedrohliches Geräusch? Kaum hatten sie Zeit zu erkennen, dass es bedeutete, dass sich Kummer und Kummer gegenseitig auf den Fersen waren, steigerte sich das Geräusch zu einem ohrenbetäubenden Brüllen.

„Sie sind in die Gärten eingebrochen. Wo sind die Kleinen?" rief Gabrielle und dachte an ihre eigenen Engel, die glücklich in der Ferne waren. „Ich werde sie holen. Ihre Königlichen Hoheiten sind im Nebenzimmer und lesen."

Sie raste davon und als sie bald mit den königlichen Kindern zurückkamen, sah sie ihre Herrin steinweiß am Fensterrahmen lehnten.

„Hist!" sagte sie, ihre Stimme war über dem Lärm kaum hörbar. „Die Unglücklichen sind in den Palast eingedrungen – haben sie vor, ihn abzufeuern? Inmitten des Meeres aus Lanzen und Stäben steht eine Kanone, die sie die Treppe hinaufschleppen. Wofür – für mich? In was für ein Pandämonium wurden wir hineingeboren ! " "

Der Aufruhr war wie das Peitschen eines wütenden Meeres. Die verängstigten Frauen konnten das Knirschen und Knarren des schweren Geschützes hören, als es unter Salven von Schreien und Flüchen zum großen Treppenabsatz gehoben wurde. „Machen Sie die Tür auf, oder wir sprengen sie ein" , rief jemand mit rauem Akzent – dann folgte ein donnerndes Donnern von Lanzen, das Zerschlagen und Zersplittern von Paneelen und dann – Stille.

„Sie werden ihn töten. Sie werden ihn töten! Warum bin ich nicht an seiner Seite?" murmelte Marie Antoinette und krümmte ihre Hände.

„Ich bin hier – was würdest du?" sagte eine ruhige Stimme fröhlich und erhob sich über den Trubel nicht weit entfernt.

„ Vive la Nation!" brüllte das Gesindel.

„Ja. Vive la Nation. Ich bin ihr bester Freund", antwortete der König.

Dann gab es eine Ablenkung. Die zitternden Zuhörer wurden von einem neuen Stöhnen und Gejohle aufgeschreckt. „Da ist sie – der Fluch Frankreichs. Die Österreicherin! Die Österreicherin! Nieder mit ihr!"

"Mein Gott!" murmelte die Königin. „Es muss Elizabeth sein, die sie für mich halten! Mein Platz ist bei ihnen. Soll ein Kind von Maria Theresia den Köter spielen? Warum schleiche ich hier?"

„Madame! Sie werden Sie in Stücke reißen!" flehte Gabrielle und klammerte sich an ihre Röcke.

„So sei es", erwiderte die Königin stolz, richtete sich zu ihrer kaiserlichen Größe auf, öffnete mit ruhiger Hand die Tür und ging mit ihren beiden Kindern hinaus. Unerkannt drang sie bis in den Ratssaal vor, wo eine Gruppe Grenadiere sie hastig umzingelten und in die Fensternische drängten, die sie mit einem Tisch verbarrikadierten. Der Versuch, den König zu erreichen, war vorerst aussichtslos. Der Palast wurde von einem zerlumpten Flüchtling überschwemmt, der in Pausen von Geschrei alle tragbaren Gegenstände einsteckte, die er gerade brauchte. Sie waren mit Schmutz und Blut bedeckt und trugen größtenteils die kürzlich von Collot eingeführte rote Mütze d'Herbois als orthodoxes Symbol der Freiheit.

Inzwischen war ein Bote zur Versammlung geeilt, um die Gefahr für den Palast anzukündigen, und eine Reihe von Abgeordneten eilten in aller Eile dorthin, um die Schädlinge zu töten und eine Tragödie zu verhindern. Der Mob, betrunken von einer zu starken Dosis Freiheit, hatte eine beklagenswerte Freveltat begangen und stand an der Schwelle eines großen Verbrechens ohne konkreten Zweck. Zur Nüchternheit ermahnt und wegen Exzessen gerügt, die die heilige Sache gegenüber Europa befleckten, zog sich der Pöbel mürrisch zurück, knirschte mit den Zähnen und knurrte mit drohenden Gesten, während er an der Königin vorbeiging; und sie sah ihnen in düsterem Schweigen zu, mit einem Herzen, das vor Entsetzen quoll, und mit Augen, die in Tränen schwammen.

Für den Moment war die Gefahr gebannt, der Palast sicher; Aber wer könnte sagen, wann die unvernünftige Flut, von den Agitatoren zu Schaum gepeitscht, willkürlich zurückfließen und ihre Bewohner ertränken würde? In allen Jahrgangsstufen der besseren Klassen herrschte allgemeine Empörung. Auch wenn Könige und Königinnen nach der neuen Denkweise Gegenstand der Abneigung sein könnten, so war es doch, solange sie existierten, nicht fair, dass zu irgendeinem Zeitpunkt ihre Privatsphäre von Ungewaschenen, ihren Möbeln kaputt und ihren Kindern in Angst und Schrecken versetzt wurde. Die Versammlung schämte sich. Die Anhänger des Gerichts waren unklug genug, zu poltern. Im Ausland kursierten Gerüchte , dass die königlichen Diener als Folge des Verbrechens bewaffnet werden sollten; dass der Schweizer Garde befohlen würde, auf die erste Sansculotte zu schießen, die sich in Schussweite wagte. Das war so weit von der Wahrheit entfernt, dass Seine Majestät beschlossen hatte, die unzuverlässigen Freunde, die ihn so oft kompromittiert hatten, ohne die Macht zu haben, ihn zu retten, aus seiner Umgebung zu verbannen. Auch die Königin war fest entschlossen, nicht das Blut derer auf ihrem Kopf zu haben, die nicht direkt in ihren Diensten standen. Sanft, aber ohne zu zögern, verabschiedete sie sich unter anderem von der Marquise de Gange , die heftig um Erlaubnis zum Bleiben bettelte.

„Nein", sagte Marie Antoinette düster, „Sie haben eigene Pflichten, von denen ich Sie nicht länger abhalten darf. Der Himmel segne Sie, mein lieber Freund. Den Verleumdungen, die Ihnen zu Ohren kommen, werden Sie keinen Glauben schenken, werden es aber tun." Beten Sie für eine unglückliche Frau, die ihr Schicksal nicht verdient hat. Geben Sie mir Ihre Gedanken und Gebete, denn wir werden uns auf Erden nicht mehr treffen.

Ihre Vorahnungen wurden jedoch viel zu früh erkannt. Nur sieben Wochen später wurde der Tuilerienpalast gestürmt und die ergebenen Wachen unter besonders grausamen Umständen massakriert. Bald darauf wurde die königliche Familie in den Tempel gebracht, von wo aus die unglückliche Königin im Verlauf eines langwierigen Martyriums auf ihrem holprigen Weg zum Schafott und ihrer Freilassung in ein schmutziges Loch in der Conciergerie überführt wurde.

Kapitel XVII.
GABRIELLE HAT EINE IDEE.

Obwohl sie ihre Wohltäterin in einer so kritischen Lage zurücklassen wollte, ließ sich nicht leugnen, dass die Marquise de Gange eine Belastung in der königlichen Residenz darstellte; noch eine weitere hilflose Frau, die die Männer beschützen müssen; und dass es Pflichten gegenüber anderen gab, die die Aufmerksamkeit der Erbin erforderten.

Clovis hatte triftigen Grund, warum er ungeduldig war. Die Gefängnisse öffneten ihre Schlünde, um die Blaublütigen zu verschlingen, die aufgrund leichtfertiger und lächerlicher Anschuldigungen in Scharen hereinströmten. In Paris wurde es so unangenehm warm, dass jeder aus Selbsterhaltungsgründen die Stadt verlassen musste, es sei denn, es gab besondere Gründe. Nun, wie der Abbé betonte (der in seiner erzwungenen Trägheit fast ebenso ungeduldig wurde wie sein Bruder), gab es nichts, was die Provinziale davon abhalten konnte, in ihr Schloss zurückzukehren, da die Königin die Marquise entlassen hatte.

Gabrielle stimmte zu, dass die Zeit für eine Reise gekommen sei, und unternahm sogar den Versuch, den alten Maréchale zum Mitmachen zu überreden. Es wäre schön, ihre Mutter bei sich zu haben, und vielleicht wäre die Vorstadtresidenz mit unbekannten Nachteilen behaftet. Aber auf den Vorschlag hin erhob die alte Dame ihre Stimme und kreischte so mürrisch , dass ihre Tochter verstummte.

„Sie sollten es wissen, ohne Ihren angeborenen Egoismus", beklagte sich die alte Dame, „dass ich diesen Ort nicht ertragen kann. Seine dämmrigen Korridore und die düstere Fassade lassen mich erschauern. Ich frage mich, ob Sie es selbst ertragen können, aber das waren Sie schon immer." so eigenartig und rücksichtslos. Ich werde dich eines Tages für eine Woche oder so besuchen , wenn ich den Mut aufnehme; aber dort wohnen? Die Familiengruft mit einem Stapel Särge als Möbel würde als Wohnort fröhlicher sein.

Dann durchlief Gabrielles Geist eine merkwürdige und unerwartete Phase. Der Hinweis der Königin auf ihre Horoskope hatte die Marquise zum Nachdenken gebracht. Die Prophezeiung bezüglich ihrer Majestät erfüllte sich langsam, aber sicher buchstabengetreu. Eine Freundin teilte ihr mit Trauer und Wehklagen mit, dass Louise de Savoye , Prinzessin von Lamballe , festgenommen und in La Force eingesperrt worden sei. Zu diesem Zeitpunkt waren die Gefängnisse die am wenigsten sicheren Zufluchtsorte in Frankreich, denn die blutgetränkte Bevölkerung hatte die Möglichkeit, aus reiner Teufelei Razzien in den Gefängnissen durchzuführen und inhaftierte Aristos zu misshandeln. Erstens, Ihre Majestät; dann Madame de Lamballe .

Wer war sie, Marquise de Gange , dass sie hoffen sollte, ihrem Untergang zu entkommen? Sie war, wie die anderen, zum Unglück prädestiniert. WAHR. Sie hatte bereits tief gelitten, und der Himmel hatte für eine Weile nachgegeben ; Aber es gab nichts, was sie angesichts der Prophezeiung zu der Annahme rechtfertigte, dass es sich um mehr als eine Atempause handelte. Versuchen Sie, so gut wie möglich damit klarzukommen. Als die Zeit für den Umzug näher rückte, wurde Gabrielle von einer wachsenden Vorahnung des Bösen bedrückt. Von welcher Seite es kommen sollte, konnte sie nicht erraten, aber es war ihre Pflicht, alle möglichen Vorsichtsmaßnahmen zu treffen. Sollten die Lieblinge niedergeschlagen werden und sterben? Oder bestand das drohende Unglück in der Plünderung des Schlosses? Es war unmöglich, das Unglück vorherzusehen und abzuwenden. Im Gegensatz zu dem Sturm, der vorbeigezogen war, waren die Aussichten für die Familie recht gut. Obwohl der heimische Himmel wolkenverhangen war , war keine besonders schwarze Dampfbank zu sehen , die das Gewölbe hinaufstieg. Clovis war bärisch und schlecht gelaunt . Das war nichts Neues. Der Abbé war voller Lächeln und Wohlwollen, seine Muße war mit einem lobenswerten und christlichen Versuch beschäftigt , den Chevalier des Trinkgeldes zu brechen. Toinon schrieb, dass Jean Boulot , als er von seiner Gruppe nach Blois gerufen wurde, für eine Weile weg war , und sie ihrerseits freute sich über die Befreiung, denn war es nicht so schlimm, dass er seine vulgären, lauten Jakobinerclubs und seinen geselligen Unsinn der charmanten Gesellschaft vorziehen sollte? seiner Verlobten?

So sehr sie sich auch bemühte, mit sich selbst zu streiten und über sich selbst zu lachen, konnte Gabrielle ihre Trübsinnigkeit nicht abschütteln. Der Wildhüter – der ihr das Leben gerettet hatte – war nach Blois gegangen, und Toinon hoffte, dass er dort anhalten würde? Warum sollte sie das Gefühl haben, ein treuer und treuer Freund sei von ihrer Seite gewichen? Die Schlossherrin hatte allen Grund, wütend darüber zu sein, dass ein bezahlter Diener seine Stelle mit so wenig Zeremoniell aufgab, und doch entsprach die Abruptheit der Tat nicht genau den unabhängigen Prinzipien des Mannes und dem Zeitgeist?

Er war ein rauer, ehrlicher, warmherziger, falsch denkender Kerl, über den Toinon zu Recht verärgert war, weil sie es nicht geschafft hatte, seine Verhaltensweisen zu ändern. Das alles stimmte durchaus, aber Gabrielle konnte ein Gefühl der Einsamkeit, eine unbestimmte, unbehagliche Angst und die Überzeugung eines drohenden Unheils nicht abschütteln; und plötzlich flüsterte jemand, dass es gut wäre, vor der Abreise aus Paris ein Testament zu vollstrecken.

Die Geschichte ist voller seltsamer Vorahnungen, die wie Warnungen kommen, aber die eigentümliche Eigenschaft haben, sich selbst zu besiegen; denn sie üben manchmal eine tödliche Faszination aus, die der der Schlange auf den Vogel ähnelt und die Bemühungen des Opfers, der drohenden Gefahr zu entkommen, lähmt.

Indem sie versuchte, ihre Ängste zu zerstreuen, machte sie sich selbst klar, dass die Pflicht, was auch immer dabei herauskam, in die Richtung von Lorge zeigte . Das düstere Schloss gehörte jetzt ihr; die Felder waren ihre eigenen Felder; die Bauern ihre eigenen Vasallen. Im Interesse der Lieblinge würde sie sehr energisch sein, lernen, Landwirtschaft zu betreiben, das Anwesen zu verbessern und die Bindung zwischen Herrin und Pächtern enger als bisher zu machen. Aber was wäre, wenn sich die Prognosen des klugen Abbé bewahrheiten würden und die Flammen, die sie in Paris so heftig lodern gesehen hatte, tatsächlich Bestürzung und Verderben selbst im entlegenen Touraine verbreiten würden? Hatte er recht mit dem Rat, den sie so sehr verärgert hatte – dem unwillkommenen Rat, sich mit den Geldsäcken in Genf zufrieden zu geben und das Schloss den Schädlingen zu überlassen? Nein. Sie hatte das feige Verhalten der Flüchtlinge immer missbilligt . Es lag nicht in der Natur der Sache, dass die gegenwärtige Katastrophe ewig andauern würde . Vorübergehender Wahnsinn würde der Vernunft weichen; Der von Straflosigkeit übersättigte und vom Übermaß überdrüssige Mob würde sich wieder beruhigen, und diejenigen, die Geistesgegenwart besessen hatten, um sich zu behaupten, während sie sich passiv vor dem Sturm beugten, würden den Lohn ihrer Tapferkeit ernten.

beliebt war und dass ihre Anwesenheit im Schloss im Falle einer Revolutionswelle von großer Bedeutung sein würde, um es vor der Zerstörung zu bewahren. Sie konnte nicht glauben, dass der Schatten, der sich ihr näherte, aus dieser Gegend kommen konnte. Woher dann? Es handelte sich wahrscheinlich um ein Schreckgespenst, das aus Nervosität und Mitgefühl für den verzweifelten Zustand der Königin entstand. Von Marie Antoinette entlassen, war ihr Platz in Lorge auf den Ländereien, und da Fleisch Gras ist, war es nur richtig, ein Testament zu verfassen.

Während Gabrielle über diese Dinge nachdachte, richtete sie ihre Aufmerksamkeit natürlich auf ihren Mann. Es war seltsam, dass er sich über ihren einzigen Akt der Unabhängigkeit so sehr ärgerte. Wir wissen, dass es den verfassungsmäßig Schwachen am meisten übelt, offen für ihre Schwäche verurteilt zu werden. Konnte diese demütigende Viertelstunde mit dem Familienanwalt einen so tiefen Eindruck in seiner gelassenen Seele hinterlassen haben? Und während sich ihre abweisende Zuneigung in Gleichgültigkeit verwandelt hatte, entwickelte sich seine Unbekümmertheit zu positiver Abneigung? Jetzt fiel ihr zum ersten Mal der ebenso seltsame Gedanke ein, dass der Abbé in letzter Zeit immer der Sprecher gewesen war, wenn er Geld brauchte. Spürte er seine abhängige Stellung so sehr, dass er sich nicht dazu durchringen konnte, das schmutzige Thema anzusprechen, oder hatte er eine so große Abneigung gegen seine Frau entwickelt, dass er sich überhaupt nicht dazu durchringen konnte, mit ihr zu sprechen? Sie beschloss, sich dem Abbé darüber zu öffnen, denn Clovis musste in der Tat verliebt und halbblind sein und konnte sich nicht sicher sein, dass sie, obwohl sie entschlossen war, die Wünsche ihres Vaters zu erfüllen und den Geldbeutel fest im Griff zu behalten, dies nicht tun würde zu eng angezogen sein.

Die dünnen Gesichtszüge des Abbés entspannten sich zu einem skurrilen Lächeln, und er nickte verschmitzt, als sie ihm mit einigem Stottern und vielen Umschreibungen ihren Verdacht offenbarte. War es abscheulich von ihr, überhaupt solchen Verdacht zu hegen, oder nicht? Wie mädchenhaft und lieblich sie in ihrer errötenden Verwirrung aussah, als sie sich auf das unappetitliche Thema einließ und sich dafür entschuldigte, dass sie solche Gedanken hegte .

„ Du liebe arglose Taube von Gabrielle!" er lachte. „Aber nicht so einfach, wie Sie scheinen, denn Sie haben richtig geraten. Alack, ja! Unverzeihlich empfindlich, wie er Ihnen erscheinen mag, Ihre kleine Eskapade – erlauben Sie mir, es eine Eskapade zu nennen? – hat ihn so völlig zerschnitten So schnell, dass er es nie wieder erlangt hat, sondern sich hinkauert und immer noch wie ein gut gepeitschter Hund zusammenzuckt, aus Angst vor einer weiteren Geißelung. Halten Sie sich für stolz? Erfahren Sie, dass der Stolz eines ehrlichen Mannes von zarterer Struktur ist als der einer Frau. Und das ist er *auch* Wissen Sie, es ist schwer für einen stolzen Mann, vor Zeugen in eine so zweideutige Lage gebracht zu werden wie die, in die Sie Ihren Mann gebracht haben.

Die Position, in die *sie ihn* gebracht hatte *?* Was war mit der Unerträglichkeit, in die *er sie* gesteckt hatte *?* Männer beginnen immer mit der absurden Prämisse, dass sie im Recht sein müssen. Gabrielle war zutiefst beleidigt darüber, dass jemand, an den sie alle Schätze ihrer Liebe vergeblich verschwendet hatte, so gemein denken konnte – sie so falsch zu lesen!

Tränen der Demütigung wegen der beleidigten Weiblichkeit standen in ihren Augen, und als er die Farbe bemerkte , die wie die einer sich öffnenden Moosrose aussah, die den Plastikhals und das muschelartige Ohr überflutete, pochte das Blut von Pharamond so heftig, dass er viel Aufhebens machen musste Behalten Sie sein unnachgiebiges Auftreten bei .

„Da du mir vergeben hast, nehme ich den Himmel als Zeugen", schnurrte er und beugte sich so nah zu ihr, wie er es wagte, „dass ich mich bemüht habe, deine Differenzen beizulegen."

„Unterschiede? Da muss es keine geben. Meine Liebe zu ihm ist tot", bemerkte Gabrielle langsam, so vertieft in die Betrachtung der zerschmetterten Penaten, dass der Glanz des Triumphs auf dem Gesicht, das so nah an ihrer Schulter war, unbeachtet blieb. „Sie können ihm, wenn Sie möchten, sagen, dass ich mich ihm gegenüber nicht schlecht benehmen werde, weil er mich empört hat. Eine angemessene Vergütung soll regelmäßig an ihn gezahlt werden, oder an Sie, wenn er es vorzieht. Monsieur Galland kommt heute Nachmittag hierher über mein Testament, und die Vereinbarung soll sofort ausgeführt werden. Dann, nach einer düsteren Pause, fügte sie mit einem Seufzer hinzu: „Ich glaube, er könnte jemals auf die Idee kommen, dass ich möchte, dass er mich um einen Gefallen bittet!“

also verhungert! Es war tot – ganz , ganz tot, endlich! Mit diesem letzten Kampf wurde eine große Barriere hinweggefegt, und wie viel besser war die Chance für jemanden, der hartnäckig durchgehalten hatte!

Exzellent! Die leere Schale war bereit für den Einsiedlerkrebs! Pharamond sah in messbarer Entfernung den endgültigen Triumph und danach eine reife Rache. Eine faire Zulage, die regelmäßig gezahlt wird? Vergoldete, erniedrigende Sklaverei! Clovis würde den Plan ablehnen; weigern sich, etwas damit zu tun zu haben.

Aber was hatte es mit einem Testament auf sich?

„M. Galland – über Ihr Testament heute Nachmittag?“ wiederholte der Abbé mit hochgezogenen Brauen. „Auf wessen Rat handeln Sie? Ich erkläre, dass Sie sich wunderbar verändert haben, durch und durch eine Geschäftsfrau. Puh, puh! Ist da nicht genügend Zeit? Für ein wunderschönes junges Geschöpf wie Sie kommt es einer unzeitgemäßen Einladung vor, über solch grausige Dinge zu plappern zu den Würmern.

„Das Leben ist mir egal, Gott weiß!“ seufzte Gabrielle müde, „wäre da nicht----“

„Ja, ja, ich weiß – die Putten. Über dieses Testament. Es überrascht mich, und Sie haben sich geruht, mir zu vertrauen. Verzeihen Sie, wenn ich aufdringlich scheine. Ich wage kaum zu fragen, und doch –“

„Wie sollen die Bedingungen sein? Darüber muss kein Geheimnis sein, da ich fest entschlossen bin. Ich habe vor, das Vermögen meines lieben Vaters meiner Mutter zu hinterlassen, treuhänderisch für Victor und Camille?“

Hier kam ein Vorschlaghammerschlag von hinten mit voller Wucht auf den Schädel. Für einen Moment war Pharamond wie gelähmt , dann erfasste sein flinkes Gehirn auf einen Blick alle Facetten dieser neuen und unangenehmen Situation. Wer hätte ihr wohl eine so unbequeme Idee in den Kopf setzen können? Du lieber Himmel! Wenn dieses Projekt nicht im Keim erstickt und irgendwie abgewendet würde, versprach die Zukunft der drei Brüder noch schlimmer zu werden als zu Zeiten des Marschalls ! Was der

Abbé selbst für einen kaum möglichen Zufall gehalten und dem Marquis als bloßes rotes Tuch hingehalten hatte, um seine Gefühle auch gegen seine Frau zu entfachen, konnte jeden Augenblick zu einer tatsächlichen und schrecklichen Tatsache werden. Bei diesem Tempo war für den Marquis und seine Brüder überhaupt nicht zu sorgen; würden im Falle des Todes dieser Frau wie so viel Bauholz weggeworfen werden! Und sie hatte die dreiste Anmaßung, ihnen ihr Los ins Gesicht zu erzählen. Ein Schwall unbändiger Wut strömte in das Gehirn des Abbé , ein unvernünftiger Wirbel, den er vergeblich zu beherrschen versuchte , während er im Zimmer auf und ab schritt.

„Clovis soll zum Gespött gemacht werden, passend zu Ihrer Bosheit!" rief er hitzig aus, als er sich der erstaunten Marquise zuwandte. „Er zählt nichts, obwohl Ihr rechtmäßiger Ehemann. Kein Wunder, wenn Sie seinen Hass ebenso verdient haben wie meinen, da Sie entschlossen sind, eine Beleidigung nach der anderen zu häufen."

„Selbstverständlich wird ihm sein Taschengeld bis zu seinem Tod gesichert", erklärte Gabrielle mit einem roten Fleck des Ärgers auf beiden Wangen.

„ Pah ! Taschengeld! Taschengeld! Ein Hungerlohn für einen Schuljungen, den er dir ins Gesicht schleudern wird. Wenn er meinen Rat befolgt, wird er dir deinen dürftigen Taschengeld in den Schoß werfen, weil du ihn wie ein Baby behandelst! Eine Almosengabe." zu einem Bettler!"

Die Marquise saß stumm da, die Hände vor ihr, wie versteinert, denn dieser Mann würde sie gern davon überzeugen, dass sie ein Ungeheuer der Ungerechtigkeit sei, das an der Schwelle zu einem ungeheuren Verbrechen stünde, und doch wusste sie, dass ihre Beweggründe die reinsten waren.

Er fuhr fort, kaute vor Aufregung an seinen Nägeln und richtete seine Worte halb an sich selbst und halb an sie.

„Der Horizont einer Frau ist so begrenzt, ihr Gedankengang so eng, dass sie, wenn man sie in Ruhe lässt, es kaum vermeidet, großzügig zu sein. Wie könnte es anders sein, wenn sie in Trivialitäten versunken ist? Auch schlau und doppelzüngig. Das ist also Ihre erhabene Vergebung Ich war dumm genug, darauf zu vertrauen! Eine Falle! Ein Trick! Du hast nur auf den richtigen Zeitpunkt gewartet, bis du mir durch die Misshandlung meines Bruders schaden konntest. Meine erste Pflicht ist ihm gegenüber, und ich sage dir deutlich, dass dies niemals mit meiner Zustimmung geschieht Wird er deine unehrenhaften Bedingungen akzeptieren?

Gabrielle gab keine Antwort, sondern saß stumm da.

„Eh, bien, Madame", rief er, drehte sich plötzlich um und stand vor ihr, seine dünnen Lippen zu einem Knurren verzogen. „Das Ergebnis Ihrer unsinnigen Taten lastet auf Ihrem Kopf. Merken Sie sich, dass die Schuld bei Ihnen liegt, wenn Sie mich nach all meinen Bemühungen, die Vergangenheit zu vernichten, dazu zwingen, Ihr Feind zu sein. Hier unten müssen wir nach Taten beurteilt werden, Madame, nicht nach gezuckerte Worte, die nichts bedeuten. Warum mich zum Krieg zwingen, wenn ich gern Frieden bringen würde? Wenn Sie ein so ungerechtes Instrument anwenden, wie Sie es vorschlagen, haben Sie sich damit drei unversöhnliche Feinde gemacht; und eine Frau ohne Freunde sollte es sich zweimal überlegen, bevor sie sich einen macht. Dein Mann hat dir mit dieser Gouvernante nie Unrecht getan, du dummes Mädchen; du wurdest von deiner eigenen dummen Phantom-Eifersucht geplagt. Wenn du dich rächen musst, dann übe sie an mir aus, dessen einziger Fehler darin bestand, dich zu sehr zu lieben. Kein Grund, damit anzufangen. Karten unten ! Warum sollte ich leugnen, dass ich dich geliebt habe? Umso törichter bin ich! Aber so wie deine Liebe zu ihm unterdrückt wurde, so ist auch meine Liebe zu dir unterdrückt worden, was deinen Kummer betrifft, wirst du lernen."

Seine giftigen Worte ertönten wie das Klicken eines Luntenschlosses, und die alte Bestürzung sammelte sich mit einem Schauer äußerster Verzweiflung um das Herz der Marquise. Sie war hereingelegt worden. Seine scheinbare Wiederherstellung seines besseren Selbstes war nur eine Täuschung, seine kriecherische Höflichkeit eine Grimasse, seine höfliche Freundlichkeit ein Hohn, sein überschwängliches Wohlwollen eine Falle. Für jemanden, der so ehrlich war wie Gabrielle, war eine solche berechnende Doppelzüngigkeit teuflisch. Er hatte seinen Zauberer fallen lassen und sein wahres Gesicht gezeigt, und als sie es schaudernd betrachtete, ahnte sie, zu welcher Bösartigkeit dieser Feind fähig war. Nach Lorge zurückgekehrt , war der Frieden zu verweigern? Dachte er daran, sie mit Gewalt seinem Willen zu unterwerfen, da Schmeicheleien und Drohungen nicht dazu ausgereicht hatten, sie zu gewinnen? Obwohl er erklärte, dass er sie hasste, war auf seinem weißen, rachsüchtigen Gesicht etwas zu erkennen, das sie zu gut zu deuten gelernt hatte. Sie würde direkt zu ihrem Mann gehen, ihm die ganze Wahrheit sagen und Schutz beantragen. Aber was war dann mit der Veräußerung ihres Eigentums, zu der sie sich verpflichtet fühlte? Sollte sie, indem sie eine hohe Linie verfolgte und mit dem Entzug der Zulage drohte, für sich selbst handeln, wie der gute Vater es für sie getan hatte? Aber oh je, wie hat sich alles seitdem verändert, so kurz ist es her! Ihr Mann hasste sie bereits – in der Stimme Pharamonds klang Aufrichtigkeit, als er ihr mitteilte, dass es so sei, und sie wusste genau, in welche Waagschale dieser im Falle eines Streits sein ganzes Gewicht werfen würde. Zweifellos wünschte Clovis ihren Tod; allein in Lorge , vielleicht sogar – doch nein, so sehr er sich auch wünschte, sie loszuwerden, würde sein Mut sicherlich versagen, wenn die Not kam.

Bei der Durchführung ihres Vorhabens würde sie richtig handeln, davon war sie jetzt mehr denn je überzeugt; Aber wenn sie bei den Brüdern in Lorge eingesperrt wäre , würde ihr eigener Mut nicht versagen? Vielleicht wäre es sicherer, im Pariser Strudel zu bleiben. Aber was war dann mit den Kindern und was war mit den Gefängnissen, die sich so schnell füllten? Welchen Nutzen könnte sie hinter den Gittern und Riegeln von La Force oder der Abbaye für sie haben? Sie wollte das Land nicht verlassen, in der Hauptstadt bleiben, wagte sie nicht. Darüber hinaus war ihr Platz in einer so turbulenten Zeit unter ihrem Volk in ihrer fernen Zitadelle von Lorge .

Theoretisch war das alles in Ordnung, doch ihr Herz flüsterte ernsthafte Zweifel an ihrer Hartnäckigkeit, den so kühn geplanten Kampf zu Ende zu führen. Wusste sie leider nicht zu gut, dass sie allein und ohne Unterstützung, ohne Hilfe in Sichtweite, durch den Schock der ersten Lanze zu Boden gehen würde? Sollte sie verhandeln, sich jetzt sogar ergeben, ihre Schwäche offenbaren und um Mitleid bitten? Versprechen, das Projekt aufzugeben, das so viel Zorn erregt und die schlimmsten Leidenschaften geweckt hat, und die Zukunft ihrer Kinder den väterlichen Instinkten ihres Vaters anzuvertrauen? NEIN; Eine der Lektionen, die der Abbé lehrte , war, dass Clovis dazu geboren wurde, geführt zu werden. Glücklicherweise war diese Frau vertrieben worden, aber aus ihrer unheilvollen Kontrolle befreit, würde er unter die Kontrolle von jemand anderem fallen, und wer sollte dieser andere unter den gegebenen Umständen sein außer dem rachsüchtigen Pharamond ? Natürlich würde der Marquis in Lorge völlig unter der Herrschaft des Abbés versinken ; und mit ihm als Herrn hätten Victor und Camille im Falle des Todes ihrer Mutter große Chancen auf Gerechtigkeit. Was auch immer ihr widerfahren mag, sie sollten bewacht werden. Sie nahm ihren Mut in beide Hände und klammerte sich fest daran fest. Sie musste um die Kraft beten, alles zu ertragen und das Beste für die Kleinen zu tun. Die beste Sicherheit gegen die Gier und Böswilligkeit Pharamonds bestünde darin, das Vermögen außer Reichweite zu bringen.

Während diese Überlegungen der geplagten Marquise durch den Kopf gingen, tröstete sie sich mit dem Gedanken, dass der Erzfeind sich hätte entlarven sollen, wie er war, bevor die Party von Paris aus aufgebrochen war. Der Einfallsreichtum einer Mutter sollte weitere Vorsichtsmaßnahmen treffen, um im Falle einer Katastrophe für sie selbst die stärksten Batterien des Abbés unschädlich zu machen.

Währenddessen wischte sich Pharamond das Gesicht mit einem Spitzentuch ab und machte sich selbst Vorwürfe wegen der Übereilung, während er nervös auf und ab ging. Dass er, der geschickte Vogeljäger, durch plötzliche Leidenschaft und Enttäuschung dazu verleitet wurde, sich diesem Flatterer zu zeigen! Aber dann war der Schlag so schnell und heftig gewesen, dass es eine Entschuldigung dafür gab, unter dem Schock zu taumeln. Es war ärgerlich, überrumpelt worden zu sein. Weitere Doppelzüngigkeit war jetzt, zumindest vorerst, nutzlos, denn sie war über seine Gefühle in Bezug auf das widerwärtige Testament vollständig informiert. Sie hatte einen flüchtigen Blick auf sein wahres Gesicht erhaschen können, was schade war, denn das Graben unter der Erde war die Lieblingsbeschäftigung unseres Abbés . In Anbetracht aller Umstände war es eine Gnade, dass die hartnäckige und widerspenstige Dame beschlossen hatte, nach Lorge zurückzukehren . Jenseits der Grenze hätte sie sich, unterstützt von Freunden und Bekannten, zweifellos als schrecklich widerspenstig erwiesen. Ja, es war definitiv das Beste, sofort zum Schloss aufzubrechen. Es war auch ein Glück, dass Chlodwig während des langen und ermüdenden Aufenthalts in der Metropole nicht in die Fänge einer neuen und feindseligen Verwandtschaft geriet.

Und dies verwandelte den Strom seiner Meditationen in einen anderen Kanal. Jetzt müsste es in Lorge Krieg geben , ein bewusster und ernsthafter Krieg zur Abwendung einer drohenden Katastrophe; ein Feldzug, der aus Finten, Hinterhalten und erzwungenen Nachtmärschen bestand, die schnelle Entschlossenheit und treffsichere Ausführung erforderten. Es kam nicht in Frage, sich einem solchen Testament zu unterwerfen. Die Kampagne könnte sich als verzweifelt und blutig erweisen, denn „maternity at bay“ kämpft hart.

Wenn sie das vorgeschlagene Dokument unterschrieben hätte – und gerade jetzt wirkte sie sehr entschlossen –, müsste es auf die eine oder andere Weise annulliert werden; selbst für einen so klugen Diplomaten wie unseren Abbé eine heikle Aufgabe . Wäre es ratsam, allein in die Arena zu gehen, oder muss ein Verbündeter gefunden werden? Ohne Clovis' Unentschlossenheit fühlte sich Pharamond durchaus in der Lage, einen Kampf zu einem erfolgreichen Ausgang zu führen, doch er wusste, dass er sich im Hinblick auf den zwielichtigen Marquis besser nicht täuschen sollte, und die Vorsicht flüsterte ihm zu, dass er es nicht wagen würde, allein vorzugehen. Sein rein männlicher Einfluss konnte das Pferd vielleicht zum Wasser führen, konnte es aber nicht zum Trinken bringen. Sie können einen Bogen ungestraft bis zu einem bestimmten Punkt biegen, ab dem er bricht, wenn er nicht verstärkt wird. Verzweifelte Notfälle erfordern verzweifelte Heilmittel, und Clovis war einer, der vor allem, was verzweifelt war, zurückschreckte und weglief. Wie schwierig ist es für ein scheues Pferd, Hindernissen auszuweichen!

Obwohl es tausendmal schade war, war Pharamond klar , dass das, was getan werden musste, nicht allein erreicht werden konnte; dass es vereinter Kräfte bedarf, um zu einem bestimmten Ergebnis zu gelangen, um ein Ziel zu erreichen, das er tastend auf sich zukommen sah.

Worüber dachte Gabrielle wohl so tief nach, während sie mit abwesendem Blick aus dem Fenster blickte? Vielleicht war sie beunruhigt, bereute es und bereitete sich beim ersten Anblick der feindlichen Schlachtlinie darauf vor, sich aus dem Konflikt zurückzuziehen. Ihre Haltung war voller Zögern; Hier war ein Krümel Trost. Es war erstaunlich, dass sie es bisher geschafft hatte, ihre Natur zu bändigen und so kühn zu sprechen, wie sie es gerade gewagt hatte. Ein wenig einsames Nachdenken könnte eine heilsame Wirkung haben. Wenn Ihr Gegner in einem Duell der Geister zu zögern beginnt, überlassen Sie ihn seinen Gedanken, und zehn zu eins wird er nachgeben.

Der Abbé erwachte aus seinen Träumereien; hustete, um Aufmerksamkeit zu erregen, und verneigte sich mit einem gewissen Maß an Respekt, angenehm gemildert mit Drohungen. Dann bemerkte er lächelnd, dass es bedauerlich wäre, wenn seine liebe Schwägerin ihre ungerechten Pläne nicht noch einmal überdenken würde, und verließ die Wohnung, um Clovis zu benachrichtigen.

Allein gelassen war Gabrielle, wie Pharamond gesehen hatte, sehr beunruhigt über die Schwierigkeiten der Aufgabe, die sie sich gestellt hatte, aber als sie sich an sein böses Gesicht erinnerte, kam ihr ein aus Verzweiflung geborener Mut zu Hilfe und sie beschloss, sich der Aufgabe zu stellen die Knüppel. Während sie mit zitternden Fingern mechanisch ihre seidene Kapuze und ihren Mantel zurechtrückte, betete sie inbrünstig um Kraft und rief den Himmel um Schutz an.

Galland gehen . Der Anwalt hatte einen Termin für den Nachmittag vereinbart, aber sie war sich sicher, dass sie, wenn sie bis dahin warten würde, nachdenken würde, und denken, und denken würde, bis der Mut nachließ. Sie stieg schnell die Treppe hinunter, unbemerkt vom Abbé , der eifrig damit beschäftigt war, sein Budget für den entsetzten Auftrag seines mehr denn je verärgerten Bruders auszuarbeiten, winkte einen Mietsessel herbei und ließ sich zum Anwalt tragen.

Als Person von außerordentlichem Ansehen wohnte M. Galland in einer selbstgefälligen Straße in anständiger Nähe zum eleganten Place Royale. Sein Geschäft war ebenso eintönig und respektabel wie er selbst, und der Türhüter, der die Steintreppe so peinlichst makellos hielt, war es nicht gewohnt, aufgeregte Kunden zu haben. Die schöne Dame, die aus einer Mietlimousine stieg und den Männern zitternd mehr als das Doppelte zahlte, war äußerst aufgeregt und schien es verzweifelt eilig zu haben, den Treppenabsatz im ersten Stock zu erreichen. Offensichtlich ein Aristokrat. Zweifellos hatte sie einen Ehemann oder einen Bruder, der in die Maschen der herrschenden Spinnen geraten war. Arme, liebe Seele! Solche Episoden wie unerwartete Verhaftungen waren heutzutage nur allzu häufig. Segne mich! „Ihr Fall muss sehr dringend sein", murmelte der Concierge und kratzte sich mitfühlend am Kopf, denn nach einer Pause von fünfzehn Minuten erschien die Dame in Begleitung von M. Galland selbst und sah ernster aus, als er es gewohnt war . Er rief einen Bus und verwies den Fahrer an den nächstgelegenen Richter.

„Ich verstehe meine Anweisungen, Madame", sagte der Anwalt, während die beiden weitergefahren wurden. „Aber wenn ich das ohne Respektlosigkeit sagen darf, müssen Sie unter Halluzinationen leiden. Da Ihr Testament sicher bei mir hinterlegt ist, ist es offensichtlich, dass seine Bedingungen Ihr Schutz sind, selbst wenn einer von ihnen dies wünschen sollte Ihnen Schaden zuzufügen. Wir geben zu, dass M. le Marquis in schlechte Hände geraten ist und dass Ihre Stunden durch einen anderen Ihres charmanten Geschlechts unangenehm gemacht wurden. Aber von diesem Punkt bis zur persönlichen Gewalt ist es ein großer Schritt, und Sie müssen mir verzeihen, wenn ich versage keinen berechtigten Grund zur Besorgnis zu sehen. Es ist eine krankhafte Einbildung, glauben Sie mir. Ihre Wünsche werden jedoch befriedigt, und Sie werden sich beruhigt in das Schloss von Lorge zurückziehen können. Dies ist das Haus. Ich folge Ihnen im ersten Stock. Sie werden die von mir vorgeschlagene Erklärung vor meinem Freund, Herrn Sardeigne , einem Richter, und geeigneten Zeugen abgeben.

Es war sicherlich ein seltsamer Vorgang, und der würdige Richter war zu Recht überrascht. Hier war eine berühmte Hofschönheit, von deren Ruhm er schon oft gehört hatte, und die vorgab zu glauben, dass ihre Verwandten es auf ihr Geld abgesehen hatten, und zwar so sehr, dass es sich um eine tiefgründige Verschwörung handelte, die mit einem Personenschaden endete. „Wenn Sie das sagen, Madame", bemerkte er mit einer galanten Verbeugung, „dann muss ich Ihnen glauben. Ich hätte es für wahrscheinlicher gehalten, dass jemand sich auf eine Entführung einlassen würde, um stolzer Besitzer der schönsten Frau zu sein." in Frankreich."

Gabrielle seufzte. Steckte hinter all ihren Ängsten nicht ein Möchtegern-Entführer?

M. Galland legte das letzte Testament von Gabrielle, Marquise de Gange , vor, dessen Tinte gerade erst trocken war, und sein Freund, nachdem er seine Sekretärin und zwei männliche Diener gerufen hatte, unterzeichnete die Dame in ihrer Gegenwart.

Dann gab sie im Auftrag von M. Galland eine feierliche Erklärung ab, dass ihr Leben vor dem des Marschalls , ihrer Mutter, gestrichen werden sollte, und dass, falls festgestellt worden wäre, dass sie in der Zwischenzeit ein anderes Testament jüngeren Datums ausgeführt hätte Damit lehnte sie letzteres Instrument formell ab. Wenn sie dazu bestimmt wäre, den Marschall zu überleben , was sie nicht für wahrscheinlich hielt, würde M. Galland nach dem Tod von Madame de Brèze Lorge besuchen und eine andere Vereinbarung treffen.

Sie habe eine Vorahnung gehabt, erklärte sie, die auf ein Leben hinwies, das vor seiner Blütezeit mit Gewalt abgeschnitten worden sei, und drückte auf die deutlichste und nachdrücklichste Art und Weise, die Worte ausdrücken konnten, ihren Wunsch aus, dass allein das soeben ausgeführte Testament als authentisch angesehen werden sollte.

„Meine Güte! Eine Vorahnung?" lachte Herr Sardeigne , „beraten Sie sich auch mit Anwälten über Geister! Um Sie in dieser seltsamen Angelegenheit zu beruhigen", fuhr der Richter fort, der merkte, dass seine Heiterkeit nicht zum richtigen Zeitpunkt gekommen war, „lassen Sie es so verstehen, dass ein Kreuz nach der Unterschrift steht." Bei jedem späteren Testament wird davon ausgegangen, dass es zum Ausdruck bringt, dass es unter Zwang unterzeichnet wurde."

Nachdem das Geschäft erledigt war, atmete Gabrielle freier, und der Abbé , als er beim Abendessen beobachtete, wie gelassen sie aussah, wurde misstrauisch. Diese Ruhe nach ihrem kürzlichen turbulenten Interview schien darauf hinzudeuten, dass sie etwas im Verborgenen getan hatte, worauf sie sich einbildete. Was könnte es sein? Etwas, das ihm nichts Gutes verhieß. Im bevorstehenden Krieg, der erklärt werden sollte, sobald die Gruppe wieder in der Touraine war, wäre es offensichtlich gefährlich und voreilig, das Feld allein zu erobern. [1]

Kapitel XVIII.
EINE ÜBERRASCHUNG.

Das Quartett, das in die Einsamkeit zurückkehrte, war kein lebhaftes Quartett, denn jeder der vier Insassen der reisenden Berline war völlig in private Spekulationen vertieft. Der Ritter war nervös und unruhig, da er von seinem Bruder Pharamond schwere seelische Züchtigungen erlitten hatte . Der Marquis mied den Blick seiner Frau und warf hin und wieder einen wehmütigen Blick auf seinen Mentor, als wolle er Unterstützung in einer Angelegenheit erbitten, vor der sein Gewissen Angst hatte. Der Abbé lächelte und nickte ab und zu aufmunternd, dann wurde er wieder ernst, denn er wusste, dass er im Begriff war, eine Trumpfkarte auszuspielen, und die Spieler verschätzen sich manchmal, was in der Hand des Gegners übrig bleibt. Gabrielle, die ruhig aus den Fenstern blickte, schien die umherhuschenden Bäume und vorbeiziehenden Dörfer oder die ständig wiederkehrenden, ruckartigen Unterbrechungen zum Wechseln der dampfenden Pferde kaum wahrzunehmen. Sie bemerkte nicht die veränderte Haltung der Landleute, die finster auf die verzierten Kutschentafeln starrten, mit Hut auf dem Kopf, Pfeife im Mund und fest vor der Brust verschränkten Armen. Eine Gruppe flüchtiger Aristos, die wie andere Nagetiere vor dem sinkenden Schiff fliehen. Nun, lasst sie gehen. Frankreich war dieses Ungeziefer, das Seil und Laterne nicht wert war, gut los. Als sie sich ihrem Ziel näherten, erkannten einige die Krone und den Mantel und machten verstohlene, unbeholfene Verbeugungen. Die Gange- Familie war nicht so schlimm wie andere, hieß es in dem Bericht, und was die Dame betraf, konnte in ihrem sanften Engelsgesicht ganz sicher keine Bosheit lauern.

Sie stand kurz davor, ihre Liebsten zu sehen, und ihre Stimmung besserte sich, denn der Aufenthalt in der Hauptstadt war lang gewesen. Natürlich waren sie in Toinons Obhut sicher , aber die Mutter hatte zu ihrem Vorteil geniale Pläne geschmiedet, die sie unbedingt sofort ausführen wollte. Und dann fragte sie sich, wie sie unter neuen Vorzeichen in Lorge zurechtkommen würden . Was das Vermögen betraf, gab es nichts zu befürchten. Waren ihre geheimen Ängste tatsächlich, wie vermutet, auf krankhafte Einbildungen zurückzuführen? Nein. Das Leben wäre alles andere als einfach; Aber ein starkes Herz, gepanzert mit der Rüstung der Liebe, kann Schwierigkeiten überwinden. Sie wusste jetzt nur zu gut, dass die Brüder ihre Existenz bestenfalls als ein notwendiges Übel betrachteten. Sie konnte es selbst in den glanzlosen Augen des Chevaliers sehen , der zweifellos gut erzogen und gelehrt worden war, falsche Geschichten zu glauben. Der arme Chevalier ! Welche verschwommenen Ansichten er zu irgendeinem Thema hatte, war von geringer Bedeutung. Als Freund oder

Feind war er gleichermaßen harmlos. Es war gut, sich über den Abbé nicht getäuscht zu haben und ihn als das zu kennen, was er war – plausibel, gerissen, doppelzüngig, rachsüchtig. Warum sollte sie, Gabrielle, ihn fürchten? Vorgewarnt, gewappnet. Wenn sie ihrem geschmeidigen Schwager kein Vertrauen schenkte – er hielt sich eifrig von ihm fern –, konnte er sie nicht verraten oder ihr Schaden zufügen. Doch war das so? Was ist mit dem Horoskop und ihrer eigenen Vorahnung? Unbehelligt zu bleiben war eine zu große Hoffnung. Und dann fragte sich die Marquise, welche Form seine allzu sichere Böswilligkeit annehmen würde. Natürlich würde er all ihre Taten falsch interpretieren und sie Clovis falsch interpretieren. Ach! So wie die Dinge lagen, spielte auch das keine Rolle mehr. Für die Zukunft würden Mann und Frau, solange sie lebten, ihrer Wege gehen und sich stillschweigend darauf einigen, einander nicht zu ärgern, und in dem alten Schloss war so viel Platz, dass sich die beiden nie treffen mussten. Es ist ein trauriger Zustand der Dinge, und doch – ist es nicht das Beste, schmerzhafte Seelenverärgerung und vergebliche Nervenreibung zu vermeiden, indem man sich mutig dem Unvermeidlichen in all seiner Hässlichkeit stellt und es akzeptiert?

Wenn wir aufgehört haben, nach dem Mond zu schreien, können wir gelassen über den einst ersehnten Preis nachdenken, jeden Makel kritisch prüfen und werden wahrscheinlich über uns selbst überrascht sein, dass wir uns nach einem so fleckigen Objekt gesehnt haben. Der Marquis de Gange , der keine glamourösen Gewänder trug, war schließlich nur ein gewöhnlicher Sterblicher. Nicht gut; nicht besonders schlimm. Unpraktisch, faul, zu nutzlosen Theorien neigend. Sicher, in einem früheren Leben muss er ein hübscher Ochse gewesen sein, der gern mit dem Schwanz in der Sonne wedelte und blinzelnd wiederkäute, während seine Beine bis zu den Knien in einer Pfütze standen. Nachdenken brachte die Überzeugung, dass die teuflische Frau, die glücklicherweise für immer verschwunden war , aus purer Bosheit ihren eigenen guten Ruhm ohne Grund verunglimpft hatte. Sie hatte sich als Geliebte des Marquis bezeichnet, nur um seine Frau zu irritieren, genau wie sie gedroht hatte, die Gedanken der Kinder zu verfälschen, um die Mutter in Angst und Schrecken zu versetzen. Arme, abgelenkte Frau und Mutter. Was konnte sie besessen haben – staunte Gabrielle –, dass sie diese Vorstellung im Wasser erlebt hat? Konnte die Vorstellung, dass Mademoiselle Brunelle es geschafft hatte, den Platz im Herzen ihres Mannes einzunehmen, nach dem sie sich selbst erfolglos gesehnt hatte, wirklich und ernsthaft so stark berührt sein? Was für eine dumme und unnötige Zerrissenheit der Herzensstränge! War sie so geblendet, dass sie nicht erkennen konnte, dass das, was er sein Herz nannte, so voller Selbstsucht war, dass es keinen Platz für andere Gefühle gab? Nein. Obwohl sie ihn damals liebte, hatte sie nicht nur seinetwegen gelitten. Es war der scheinbar vollständige und unwiederbringliche Verlust ihrer Kinder, der sie in wahnsinnige Verzweiflung getrieben hatte. Nun ja, der Himmel war gnädig gewesen. Die Frau war vertrieben worden – ihr unheilvoller Schatten würde ihren Weg nicht mehr kreuzen. Die Lieblinge gehörten ihr wieder. Die Zukunft war schließlich nicht so schwarz. Bei ihrer Ankunft im Schloss würde sie die Dinge auf eine völlig neue Grundlage stellen; würde ihr Quartier in dem Flügel beziehen, der einst von der unliebsamen Aglaé bewohnt wurde, und mit Hilfe von außen die Ausbildung von Victor und Camille fortsetzen, die im letzten Jahr schmerzlich vernachlässigt worden war. Den Rest des Schlosses durften die drei Brüder für sich allein haben, und was sie taten und wie sie ihre Zeit verbrachten, sollte sie nichts angehen, solange sie sie nicht neckten.

So glaube ich, so vermute ich, dass das naive Lamm, gekleidet in die weiße Wolle seiner Einfachheit, mit Erfolg gegen den schwebenden Wolf und den knurrenden Panther antreten kann. Es gibt genug Platz für uns alle, hat es gemeckert. Lassen Sie mich auf diesem Grasnarbenquadrat herumtollen und Sie können darüber hinaus herumtollen, wie Sie möchten. Das schlichte Ding kann die schmatzenden Hiebe eines Wolfes oder den hungrigen Blick eines Panthers nicht erkennen oder erkennen, dass es seine eigenen zitternden rosafarbenen Gliedmaßen sind, hinter denen die beiden her sind und die sie gerade dabei sind, zu zerreißen. Wenn Gabrielle die Gedanken hätte erkennen können, die in zwei geschäftigen Schädeln in dieser rumpelnden Berline arbeiteten, hätte sie vielleicht mit weniger hoffnungsvollem Gleichmut aus dem Fenster geblickt.

Clovis, der in seinen schlimmsten Punkten berührt war, brannte vor Verzweiflung. Wie Pharamond wahrhaftig erklärt hatte, war es absolut ungeheuerlich von dem alten Esel, der tot war, einen Adligen alter Rasse und hoher Abstammung in eine so lächerliche Lage gebracht zu haben; Und es war nur noch schockierender, dass seine Tochter, die nie genug verachtet werden konnte, die Situation so gemein ausgenutzt hatte. Sie hatte es tatsächlich gewagt, ihm eines Morgens mit einem unschuldigen Lächeln, das alle seine Nerven zum Zittern brachte, ins Gesicht zu sagen, dass er von einem Taschengeld leben sollte! Er, ihr Herr und Meister! Ob der Zuschuss groß oder klein sein sollte, stand außer Frage. Er war fest entschlossen und wurde dabei von Pharamond unterstützt , die Zuwendung gänzlich abzulehnen. Sie hatte ihn einmal gedemütigt und wollte es immer wieder tun – sie war unklug genug, einen Dolch in die Wunde zu stecken und ihn so in die Wunde zu drehen, wodurch das Opfer vor lauter Schmerzen zu einem verzweifelten Vergeltungsversuch aufgeschreckt wurde. Gemäß den Bedingungen eines Testaments, das sie so unverschämt gemacht hatte, sollte ihr Vermögen zugunsten seiner eigenen Kinder über seinen Kopf gehen, die somit von jeglicher Kontrolle seinerseits befreit wären. Wenn sie so unverschämt handeln und so deutlich zeigen konnte, wie wenig sie seine

Gefühle respektierte, konnte sie nicht erwarten, dass er ihre Gefühle berücksichtigte. Und bei alldem lag ein Schein der Ehrerbietung, der nur noch eine zusätzliche Beleidigung war. „Clovis", hatte sie gesagt, als sie die Ankündigung gelassen machte, „ich habe alles sorgfältig überlegt und handle nach meinen Vorstellungen zum Besten. Ich möchte, dass Sie sich sicher fühlen, dass die Einnahmen, die ich Ihnen gebe, für Sie bestimmt sind." Ich meine, wie schlecht Sie sich mir gegenüber auch benehmen mögen, ich werde sie Ihnen niemals entziehen, denn ich möchte nicht, dass Sie sich aufgrund Ihres guten Benehmens der Gnade Ihrer Frau ausgeliefert fühlen .

Es strahlte eine erhabene Großmut aus, die reine Unverschämtheit war. Es war, als ob sie sagen würde: „Ich weiß, dass du ein Wurm bist, während ich ein æglet bin , und je tiefer du kriechst, desto höher werde ich im Gegensatz dazu scheinen." War es eine listige Art, ihm seine Ehre zu erweisen ? Sollte er verstehen, dass er natürlich in allen Dingen die Wünsche einer so großmütigen Wohltäterin respektieren musste? Es bedeutete, ihn wie einen Schuljungen zu behandeln, und was auch immer er tun würde, um seine Unabhängigkeit zu demonstrieren, wäre gerechtfertigt, so unangenehm es auch für die selbst gewählte Schulleiterin sein mochte.

So wurde dem Gewissen durch die kristallklaresten Demonstrationen bewiesen, dass Vorwürfe fehl am Platz waren und dass dieser aufdringliche Aufseher gut daran täte, zu Bett zu gehen. Dennoch schämte sich Clovis insgeheim und fürchtete sich auch ein wenig wegen etwas, das er getan hatte, und sah sich gezwungen, den Abbé um Unterstützung zu bitten.

der Abbé seinen eigenen Monitor längst unter den Kissen vergraben und die Leiche durch einen Rivalen namens Exediency ersetzt. Er hatte dem Marquis vor ein paar Tagen einen Vorschlag gemacht, und dieser, zunächst schockiert und beunruhigt, hatte sich ohne große Mühe dazu durchringen lassen, ihn anzunehmen. So weit, ist es gut. Der Vorschlag war stillschweigend umgesetzt worden, und es blieb abzuwarten, wie die Marquise ihn aufnehmen würde.

Es war im Abendrot eines schönen Abends im Spätsommer, als die Gruppe in Sichtweite der bekannten Türme eintraf. Es waren keine Bediensteten da. Toinon stand lächelnd allein am Tor, blickte ins Leere und schien ihre Herrin mit ernster Miene zweifelhafter Besorgnis zu betrachten, als sie aus der Kutsche stieg.

„Hier sind wir endlich!" sagte die Marquise mit einem Anschein von Fröhlichkeit. „Wie seltsam du aussiehst. Das ist kein herzlicher Empfang!"

„Madame ist herzlich willkommen", erwiderte Toinon knapp.

„Den Kindern – geht es ihnen gut?"

„Monsieur Victor und Mademoiselle Camille geht es gut“, lautete die kurze Erwiderung.

„Natürlich geht es den Kleinen gut“, rief der Abbé fröhlich, „sonst hätten wir davon hören sollen. Die arme Mademoiselle Toinon hat ihre Zunge verloren und ist vor Langeweile zu Stein geworden. Wie geht es meinem alten Feind, Maître Jean Boulot ? ?"

„Er ist in Blois, beschäftigt.“

„Umso besser, denn es macht mir nichts aus, jetzt zuzugeben, dass ich ein bisschen Angst vor seiner groben Art und seiner kräftigen Masse hatte. Sein Zimmer ist besser als seine Gesellschaft – ein Jakobiner!“

„Niemand, der gut ist, muss Angst vor Jean haben“, erwiderte Toinon , der ohne ein weiteres Wort über den Hof voranging.

Die Kälte der Vorahnung berührte Gabrielle wie ein eisiger Wind, als sie die trostlose Halle betrat, die jetzt schwarz im schattigen Zwielicht lag. Die zerfallenden Foltergeräte an den Wänden nahmen fantastische und abweisende Formen an. Die Helmpanzer des Moyen- Zeitalters schienen in ihren augenlosen Höhlen Trübsal zu blasen, zu mähen und zu zwinkern. Irgendwie wirkte Lorge nach der langen Abwesenheit grimmiger und abweisender als zuvor; Es herrschte ein durchdringender Geruch feuchter Verwesung, der wie ein Hauch aus dem Beinhaus wehte. Die Chatelaine schauderte, und als sie ihren Umhang näher zog, nahm sie die Hand ihrer Pflegeschwester.

„Was ist los? Toinon , sag es mir “, flüsterte sie . „Ist etwas Schreckliches passiert?“

Toinon blickte sich schnell um, mit dem gleichen seltsamen Ausdruck von Zweifel, vermischt mit Besorgnis, und schwieg.

Was könnte es sein? Toinon schien der Meinung zu sein, dass ihre Herrin etwas falsch gemacht hatte – oder dass es sich um eine Tat handelte, deren Unklugheit sie sicherlich bereuen würde, was die Augen der Pflegeschwester mit Missbilligung erfüllte. In seinem Blick lag sowohl schmerzliche Überraschung als auch Mitleid. Die zusammengepressten Lippen waren geschlossen und hielten den Vorwurf gefangen.

Mit einer Vorahnung, sie wusste nicht, was, stieg die Marquise die große Treppe hinauf und öffnete die Tür des langen Salons, in der Erwartung, dort die Kinder zu finden.

„Nicht hier? Wo sind sie?“ begann Gabrielle. Dann verstummte ihre Stimme, die Worte erstarrten auf ihren Lippen. Die Brüder waren unten geblieben, angeblich um die Entnahme des Gepäcks aus der Kutsche zu überwachen. In dem düsteren Salon mit Blick durch die dürre Reihe von Fenstern auf die krokusfarbene Loire standen Gabrielle entsetzt und Toinon mit ängstlich zusammengezogenen Brauen – und am anderen Ende im Licht eine große, aufrechte Gestalt wie ein Zobelschatten , das kam mir nur zu bekannt vor.

"Sie!" murmelte die erschrockene Chatelaine und legte die Hände auf die Brust. „Mademoiselle Aglaé Brunelle!“

„Dann war es also ein Trick“, murmelte Toinon mit zunehmendem Stirnrunzeln. „Sie wusste nicht, dass sie kommen würde!“

Die befehlende Gestalt fegte schnell an den Wandteppichen von Odette und dem verrückten alten König vorbei, und mit einem Freudenschrei ergriff Aglaé Gabrielles kalte Hände und bedeckte sie mit Küssen.

„Die gute Marquise!“ sie gurrte. „Die liebe, ausgezeichnete Marquise! Ich bin so froh, so froh, gerufen worden zu sein! Es gab ein wenig Unannehmlichkeiten, nicht wahr? Ein bedauerliches Missverständnis, und unsere liebste Dame hat wie der Engel, der sie ist, vergeben und vergessen, und Wir sind bessere Freunde denn je.“

„Ich habe dich nie gerufen“, begann die Marquise schwach, aber ihre Stimme ging schnell im Strom der Redseligkeit des anderen unter.

„Ich weiß – ich weiß“, schnurrte sie mit kätzchenhaften Gesten überheblicher Freude. „Es war nur eine winzige Störung unseres idealen Lebens! Madame bedauerte, die Hingabe ihrer Aglaé so falsch verstanden zu haben , und bat den lieben Abbé , sie zu einem Besuch hierher einzuladen. Habe ich einen Moment gezögert? Sicherlich nicht, denn ich brannte darauf, es zu zeigen Die gute Marquise, wie grausam sie mir Unrecht getan hat. Oh! Was für eine unbeschreibliche Freude!

Gabrielle blieb stumm, zu benommen und zu krank, um ihre Gedanken zu ordnen, während die andere unbeschwert fortfuhr:

„Ich bin gestern angekommen, einen ganzen Tag vor Ihnen, und war so gut – nicht wahr, Mademoiselle Toinon ? Sie mögen die arme Aglaé nicht und runzeln die Stirn, müssen aber die ehrliche Wahrheit sagen. Ich weiß zu meiner Bestürzung und Trauer, wenn ich Da Madame sich nicht dazu herablassen konnte, auf jemanden, der so unbedeutend war, eifersüchtig zu sein, verzichtete ich darauf, meine Haustiere zu umarmen, bis Madame mir die Erlaubnis erteilte. Und da ich sie verehre, als wären es meine eigenen, kann Madame erraten, was mich das gekostet hat. Ja! Ich Ich kann es selbst kaum glauben, aber ich habe weder Victor noch Camille, die Süßen, noch gesehen!“

Mit einem bewundernden Seufzer und einer großen Geste der dunklen Arme, die das Erstaunen über solche Selbstbeherrschung erkennen ließ, hielt Aglaé inne, schüttelte schelmisch den Kopf, hielt die unwillige Chatelaine an beiden Händen und blickte sie lange und liebevoll an.

Es war offensichtlich, dass die Frau eine Rolle spielte und sie übertrieb. Geschah dies absichtlich, damit die Marquise, die nicht klug war, keinen Zweifel an der Schauspielerei hatte? Es kam dem wachsamen Toinon so vor . Der Kreatur war es irgendwie gelungen, der *Mènage* ein zweites Mal ihre unheilvolle Präsenz zu verleihen , und sie wollte klarmachen, dass es sich bei der zurückgekehrten Mademoiselle Brunelle um eine andere Person handelte, die nichts mit der Ausgestoßenen zu tun hatte. Warum war sie gekommen? Was hatte sie vor? Sie hatte sicherlich nicht erwartet, dass die unglückliche Marquise jemanden in ihre Arme schließen würde, der sie so verletzt hatte – und ernsthaft auf ihre Schmeicheleien reagieren würde?

Erkundung die Treppe hinaufgekommen und standen etwas schüchtern in der Tür. Sollte es eine Explosion geben – eine erschütternde Szene, in der die Leidenschaft in Stücke gerissen werden sollte? Oder war es das kunstvolle Spiel des Abbé , den Trick zu gewinnen? Er nahm die Situation mit jubelndem Herzklopfen wahr. Er hatte richtig geurteilt. Natürlich hatte er das! Die Marquise, blass wie Marmor, war sprachlos – verlegen. Sie stürmte weder, noch weinte sie. Mit einer Bewegung, die fast so kitschig war wie die von Aglaé , schloss er sich der Gruppe an.

„Versöhnt? Ich wusste es", rief er und rieb erleichtert seine weißen Hände. „Clovis, kommen Sie und werden Sie Zeuge dieses entzückenden Schauspiels. Die Vergangenheit ist vorbei und begraben. Wir werden jetzt von vorne beginnen und, von der Erfahrung profitierend, so glücklich sein, dass Madame unseren kleinen Trick verzeihen wird. Tatsache ist, meine süße *Gabrielle* , dass Clovis beabsichtigt, sich einem noch tiefergehenden Studiengang zu widmen, der eine Sekretärin und einen Partner erfordert – jemanden, der die Geheimnisse ahnt, die zum Nutzen der Welt gelüftet werden müssen. Ich habe es daher auf mich genommen, ein Risiko einzugehen die Fläschchen eines vorübergehenden Ärgers zum Wohle aller. Mademoiselle wird nun so sehr mit ihren neuen Pflichten beschäftigt sein, dass sie zu ihrem Bedauern auf jeglichen Verkehr mit den Kleinen verzichten muss. Ich glaube, das wird Ihren Wünschen entsprechen? Sie sind nicht böse? Das ist gut so. Wir sind doch beide begnadigt, nicht wahr?"

Aglaé befreite und mit Toinon den Raum verließ .

Ihr seltsamer Empfang durch Letzteren wurde vollständig erklärt. Ihre Pflegeschwester hatte geglaubt, dass sie selbst hinreichend instabil war, um den ausgetriebenen bösen Geist herbeizurufen; Es war dem Mädchen nicht in den Sinn gekommen, dass die Männer es heimlich wagen konnten, ihrer

Geduld einen solchen Streich zu spielen. Was war ihr Beweggrund für das Verfahren? Übte die Frau eine okkulte Macht über den Marquis aus, die ihn dazu zwang, ihrem Willen auch aus der Ferne zu gehorchen? Hatte sie ihn so erbärmlich gefesselt , dass er wirklich nicht ohne sie auskommen konnte? Der Abbé war die handelnde Partei in der Vereinbarung gewesen. Hatte er den Schreckgespenst wieder eingeführt, nur um seine Schwägerin zu belästigen und seine bösartige Milz zur Schau zu stellen? Solche Spekulationen gingen Gabrielle vage durch den Kopf, während sie ziellos aus dem Fenster ihres Schlafzimmers in den Hof starrte, mechanisch die großen vertrauten Steine zählte, aus denen die gegenüberliegende Wand bestand, und die eisenbeschlagene Hintertür mit ihren komplizierten Schlössern und Riegeln betrachtete.

Toinon beobachtete ihre Herrin mit wachsendem Zorn, wie sie hin und her eilte und die Details der Toilette in Ordnung brachte.

Obwohl es kaum vorstellbar war, stimmte es – sie konnte es in jeder traurigen Linie auf dem düsteren Gesicht der Marquise erkennen –, dass diese bösen Männer absichtlich hinter ihrem Rücken das getan hatten, was ihrer Meinung nach für die sanfte Schlossherrin am abscheulichsten war; und sie war diejenige, der sie jeden irdischen Trost verdankten! Mit diesem wahnsinnigen Streich hatten sie sich selbst übertrieben, denn natürlich würde Madame sich über die unerträgliche Unverschämtheit ärgern – sie würde die Frau schmählich wegschicken – und die Männer wegschicken. Toinon war sich der testamentarischen Verfügungen des verstorbenen Marschalls bewusst; war nun dankbar, sich daran zu erinnern, dass es allein ihrer Geliebten oblag, die Ex-Gouvernante sowie den Chevalier und den Abbé hinauszutreiben ; Und es ärgerte die treue Abigail ein wenig , dass sie nicht sofort den richtigen Geist gezeigt und die Situation abrupt beendet hatte. Der Marquis sah gerade so beschämt aus, dass ihm ein paar empörte Worte seine Bosheit bewusst gemacht hätten. Ob zwischen dem Marquis und der Mademoiselle Schuldbeziehungen bestanden oder nicht, war nebensächlich. Letztere hatte durch ihr teuflisches Verhalten die Marquise beinahe aus der Welt vertrieben, und hier spielte sie die liebevolle Freundin mit übertriebener Pantomime. Es war widerlich. Da Madame viel zu gut war, würde sie ihr vielleicht bis zum nächsten Tag Unterschlupf gewähren, anstatt sie in die Nacht zu vertreiben; Aber Madame musste am Morgen mit dem festen Vorsatz aufstehen, allen klar zu machen, dass sie die Geliebte war.

So grummelte Toinon , worauf er nur mit einem Seufzer antwortete. Ein Schauer des Untergangs war über Gabrielle hinweggegangen. Sie verspürte das Gefühl der Hilflosigkeit angesichts des Unvermeidlichen, das ein anhaltendes Gefühl der Ruhe mit sich bringt. Sie wurde von Feinden umzingelt – was war ihnen wichtiger? Dass Clovis so unaussprechlich niederträchtig sein sollte, wie er sich jetzt zeigte, erfüllte sie mit einer dumpfen Überraschung, gepaart mit einem Hauch gedämpften Bedauerns. Die Welt war von ihrem jetzigen Standpunkt aus so abscheulich, dass der Betrachter davon überzeugt war, dass nichts mehr zählte. Oh! da raus sein! Durch einen Schild aus Grasnarbe vor den kitschigen Spöttereien geschützt zu werden, die diesen Wohnort unhaltbar machen! Sollte sie, Toinons Rat folgend , morgen ihre Lenden umgürten und ihre Rechte geltend machen? *Was ist gut? Gabrielle fühlte sich so geschockt, so wund, so müde und so verzweifelt, dass es sich nicht* lohnte , Energie zu zeigen . Sie hatten den Takt bewiesen, ihr sofort klarzumachen, dass es zwischen ihr und ihren Lieben keine Einmischung mehr geben sollte. Das war ein kluger Schachzug ihrerseits. Waren das jetzt nicht alle? Wenn sie und sie ihr ruhiges Leben in dem abgeschiedenen Flügel verbringen durften, was bedeutete der Rest? Victor und Camille waren der Gier und Bosheit des Feindes ausgeliefert, völlig sicher vor Schaden, denn sollte ihre Mutter entführt werden, würden sie sofort vom Marschall entfernt und vom freundlichen Anwalt bewacht werden .

Toinon musterte ihre Herrin mit erstauntem Abscheu, als diese, während sie sich auszog, um sich auszuruhen, leise bemerkte, dass sie vorerst wachen und warten würde; und handeln, wenn nötig, nach und nach.

KAPITEL XIX.
EIN KRIEGSRAT.

Könnten wir die Fronten von den imposanten Domizilen entfernen, deren würdevolles Äußeres unsere bewundernde Ehrfurcht hervorruft, würden wir uns oft vor Erstaunen über das seltsame Schauspiel im Inneren die Augen reiben. Nichts könnte anständiger und respektabler erscheinen als die Zu- und Abwanderung der Einwohner von Lorge , und doch bestand diese Gruppe im Hinblick auf die Aussicht auf dauerhaften Frieden aus den am wenigsten vielversprechenden Elementen.

Am Tag nach der Rückkehr aus Paris blieb Gabrielle zurückgezogen und gab kein Zeichen, während die anderen mehr oder weniger ungeduldig darauf warteten, ob sie den Fehdehandschuh hinwerfen würde. Aglaé konnte ihre Zufriedenheit über die Herzlichkeit der Begrüßung ihrer lieben Freundin kaum verbergen. Clovis freute sich aufrichtig, sie zu sehen, und machte keinen Hehl aus seiner Freude, woraufhin der Abbé verärgert war, obwohl er es besser wusste, diese Gefühle nicht zu verraten. Die Zeit hatte die Bande, die der Marquis durch seine Affinität festhielt, nicht gelöst. Im Gegenteil, die Abwesenheit hatte in seinem Fall das Herz höher schlagen lassen, denn er schien nun die Angst, mit der sich frühere Bewunderung vermischt hatte, ganz vergessen zu haben. Der Abbé konnte nicht umhin zu bedenken, dass es ziemlich hart war , dass sein eigener Einfluss, für den er sich mit so viel Geduld und Geschicklichkeit eingesetzt hatte , so leicht vor dem Einfluss dieser Dame verblassen sollte, die sich zwölf Monate lang nicht bewegt hatte. Hatte er dadurch, dass er sie zu Hilfe rief, einen Geist erweckt, den er mit der Zeit nicht mehr besiegen konnte? Nein. Um ein Ziel zu erreichen, das nun klar vor seinen Augen modelliert war, war die Unterstützung von Mademoiselle Brunelle unbedingt erforderlich. Wenn das Ziel erreicht war, würde er ihr und, wenn nötig, auch seinen Brüdern einen Schritt voraus sein. In der Zwischenzeit war es das beste Zeichen, dass die Schlossherrin ruhig blieb. Es heißt, die Frau, die zögert, ist verloren. Gewiss ist, dass der Charakter einer Marquise – einer Klasse, die besonders darauf ausgelegt zu sein scheint, Schleudern und Pfeile zu ertragen – durch Verzögerung nicht an Stärke gewinnt. Sie kann in einem Impulsmoment einen Energieakt ausführen; aber wenn sie wartet und grübelt, atmet ihre Kraft in Stöhnen aus.

Der Marquis und sein Freund holten ihre Bücher heraus, machten eine große Parade ihrer geschäftigen Arbeit – holten sogar das gesegnete Cello heraus und stöhnten eine rührende Fuge; aber in der Erwartung, dass du nicht weißt, was es ist, ist es unmöglich, den Geist davon abzuhalten, abzuschweifen, und Aglaé , so sehr sie auch versuchte, sich selbst zu befehlen, sprang in Abständen auf und schritt mit statuarischen Armen über dem weiten Busen über den polierten Boden gekreuzt und sehnte sich danach, dass etwas geschehen würde .

„Keine Nachricht ist eine gute Nachricht, glauben Sie mir", flüsterte der Abbé vorsichtig, während Stunde um Stunde folgte und ihre Geduld zu schwinden begann. „Wenn sie ihre Position kampflos akzeptiert, ist ein wichtiger Punkt gewonnen."

Aglaé schniefte genervt und fuhr mit ihren eckigen Fingern durch die Fülle ihres blauschwarzen Haares. „Das ist sehr gut", sagte sie säuerlich; „Aber wenn das Geschöpf mich nach all dem, was vergangen ist, so leise zurücknimmt, ruft es in mir den Wunsch hervor, irgendetwas zu kneifen, zu schlagen und zu ohrfeigen, das so beklagenswert geistlos ist. Wenn sie morgen nichts unternimmt, musst du mich einsperren." auf, denn ich werde nicht anders können, als in ihr Zimmer zu stürmen und ihren Kopf gegen die Wand zu schlagen.

„Keine Fehler mehr!" erwiderte der Abbé streng. „Du hast nicht die Fähigkeit, sie zu lesen. Vergiss nicht, dass du durch deine Unvernunft und Stümperei deine eigene Niederlage herbeigeführt hast. Denke an die Bedingungen der Vereinbarung, die dich wieder unter uns bringen sollte. Das solltest du sein." Lassen Sie sich absolut von mir leiten und verzichten Sie auf dumme kleine private Pläne, die sich für uns beide nur als katastrophal erweisen könnten.

Mademoiselle schwieg, und ihre schweren, beweglichen Brauen formten sich zu einer Art finsterer Miene. Sie biss sich auf ihre dicken roten Lippen und lächelte einnehmend, während sie den Abbé spielerisch mit einem Fächer streichelte. „Natürlich werde ich tun, was Sie mir wünschen", sagte sie, „aber Sie dürfen nicht so verärgert aussehen. Ich bin für Ihre vielen Freundlichkeiten sehr dankbar und sehr froh, einen so erfahrenen Führer zu haben." Als sie sich dann abwandte, bildeten sich Falten um ihren Mund, die nicht schön anzusehen waren, und ein mürrischer Schatten auf ihrer Stirn, der wie eine sommerliche Gewitterwolke wieder verschwand.

Der klassisch geformte Busen von Mademoiselle bedeckte eine schwarze Quelle der Bitterkeit. Sie verachtete sich selbst dafür, dass sie einen Fehler gemacht hatte; sie hasste Gabrielle als Urheberin ihres Unbehagens mit einem alles absorbierenden Hass; Sie verabscheute den Abbé wegen seiner herrschsüchtigen Art – und Clovis, weil er sie nicht verteidigt hatte. Sie hasste alles und jeden, weil sie versehentlich über den wahren Besitzer des Vermögens im Unklaren gelassen worden war und dadurch in eine Falle geraten war.

Als sie wie eine Diebin auf frischer Tat schändlich nach Blois geführt wurde, hatte ein kochender Geysir aus Gift ihre Wangen verbrannt; und während sie sich hinter einem Spitzentaschentuch wand , gelobte sie, eines Tages hundertfach an Gabrielle gerächt zu werden für das, was sie durch ihre Hände getragen hatte. Das Wissen, dass sie ohne fremde Hilfe nicht in der Lage sein würde, das Gelübde zu erfüllen, konnte ihren Zorn nicht besänftigen. Der Teufel wird viel tun, um den Seinen zu helfen, aber seine Methoden sind künstlerisch nicht vollständig, und in einem kritischen Moment fliegt er grinsend in die Luft und überlässt seine Anhänger dem Desaster. Daher ist es nicht immer gut, sich zu sehr auf den Teufel zu verlassen. Es ist eine bemerkenswerte Tatsache, dass in den Legenden über seine vielen Verträge mit der Menschheit immer davon ausgegangen wird, dass er im Umgang ehrlich ist und ein Muster an geschäftsmäßiger Geradlinigkeit verkörpert, während er der unbedeutende Sterbliche ist – in solchen Händen bloßes Wachs --der ihn letztendlich betrügt und umgeht. Sicherlich ist das alles falsch. Wir möchten nicht, dass der Teufel inkonsequent ist, und es liegt an der Eignung der Dinge, dass seine glühenden Anbeter den Boden unter ihren Füßen rutschig und die Macht, auf die sie vertrauten, nirgendwo finden.

Vergebens zweifelte sie an den Chancen, jemals nach Lorge zurückzukehren , als plötzlich der erste Brief des Abbés eintraf, der ziemlich klebrig und süßlich nach Honig war. Worauf wollte er hinaus? Ohne einen Gegenstand würde er so nicht schreiben. Sie lächelte, schloss das Schreiben weg und wartete.

Dann kam der zweite Brief, in dem sie zu ihrer Überraschung feststellte, dass die Tore wieder geöffnet waren und sie fürchtete, sie seien hermetisch verschlossen. Zurück nach Lorge ? Natürlich würde sie bereitwillig den Anweisungen des Abbés folgen , auch wenn sie sie nicht verstand. Sie wusste, dass das alte Ärgernis verschwunden war und dass die Marquise in vollem Besitz war. Was war dieses Wunder, das sie zurück ins Paradies rief? Es spielte keine Rolle. Mit ihrem massiven Fuß noch einmal innerhalb der Schwelle, würde sie von den Erfahrungen der Vergangenheit profitieren und am Ende als Gewinnerin daraus hervorgehen.

Jetzt werden Sie erkennen, wie seltsam eine Mischung aus der Ex-Gouverneurin war; eine Frau, die eine Weile in der Schwebe hing , bis der Teufel einen Zeh einführte und durch sein Gewicht die Sache regelte. Sie hatte die Kinder des Marquis wirklich gemocht und wäre, wenn die Umstände es so gewollt hätten, als typisch tugendhafte zweite Frau in die Nachwelt eingegangen, wenn nicht dieser Teufelszeh gewesen wäre!

Nun, der Zeh wurde eingeführt und erwies sich als schwer, denn die Waage fiel mit einem dumpfen Knall herunter. Da sie erkannte, dass sie eine fruchtbare Ursache für Gefahr darstellten, beschloss sie ohne Bedenken, ihre bisherigen Haustiere in Zukunft zu meiden und sich daran zu gewöhnen, die beiden, die sie geküsst und gekuschelt hatte, mit sphinxartigem Stein zu betrachten .

Was mit ihnen geschah – auf die eine oder andere Weise – war völlig gleichgültig. Das Schwarze brodelte und kochte gut. Irgendwie würde sie sich rächen und sich gleichzeitig aus dem Staub machen.

Die Spannung hielt bis zum Ende des zweiten Tages an. Als sich die Gesellschaft – ohne die Chatelaine – zum Abendessen hinsetzte, erschien Toinon auf der Bühne , der sittsam eine Notiz auf den Teller des Marquis legte und sich wortlos zurückzog.

Wie viele schwache Menschen starrte Clovis auf den Brief und sehnte sich danach, ihn zu öffnen, tat es aber dennoch nicht, da er wusste, dass sein Inhalt kaum angenehm sein konnte, und erst das Schnauben und Riechen der Affinität weckte ihn zu einem Sinn aus Verantwortung, dass er es auf sich nahm und das Siegel brach. Der Brief war äußerst unangenehm und erfüllte seinen Zweck.

„Clovis, als ich meinen Vater aufforderte, mich von dieser Frau zu befreien, erfüllte ich eine heilige Pflicht, die mich teuer zu stehen kam; denn einem anderen Schmerz zuzufügen bringt dasselbe für mich selbst mit sich. Dass du sie mir noch einmal hättest aufzwingen sollen, war fällig. " , da bin ich mir sicher, Angst zu haben. Ich habe schon vorher vermutet, dass du Angst vor ihr hattest, aus welchem Grund, konnte ich nicht erraten. Die Kluft zwischen uns ist unüberbrückbar, und während du über diese Tatsache nachdenkst und weißt, dass du sie selbst gegraben hast, du Ich werde eines Tages von grenzenloser Reue erfüllt sein. Die Zukunft erschreckt mich – ich schaudere bei ihrer Betrachtung und frage mich, wozu Sie wohl angestachelt werden. Das Verhalten einer skrupellosen Frau, die alles zu gewinnen hat, kann ich verstehen, aber Ihr Verhalten bleibt ein Geheimnis. Was für ein Leben! Was für eine Zukunft! Wenn du dich in deinem Alter so leicht von einem vulgären *Intriganten* täuschen lässt, was wird dann aus dir werden, wenn du alt bist? Was für eine einzigartige Schöpfung ist der Mensch! Du hast mich unterdrückt, gedemütigt und im Stich gelassen, der ich geliebt habe Sie für sich selbst mit einem Eifer , der mich in Erstaunen versetzt, wenn ich jetzt daran zurückdenke, und begnüge mich damit, zu Füßen von jemandem zu kriechen, der Sie nur wegen dem mag, was Sie geben können – den Sie eines Tages kennen und verachten werden.

„Wenn Ihr Gewissen Sie dazu zwingt, zu sehen, was Sie getan haben, versuchen Sie nicht, sich an mir zu rächen. Von nun an leben wir getrennt, und Ihr und mein Leben haben nichts mehr gemeinsam. Unter dieser Bedingung können Sie unbehelligt Ihrer Wege gehen. Sprechen Sie niemals mit uns Ich oder die Kinder: Lass niemals zu, dass irgendein Mitglied deiner Clique in die Wohnungen eindringt, in denen ich wohne. Das Haus ist groß genug. Vermeiden Sie einen Skandal. Lebe wohl. Füreinander sind wir fortan tot.

„ GABRIELLE MARQUISE DE GANGE . "

Mit zuckenden Fingern reichte der Marquis den Brief dem Abbé , der ihn las und an Mademoiselle weitergab. Es war nicht die Art von Brief, die man gerne vorlesen würde. Schweigen legte sich über die Gruppe, und in stillschweigendem Einverständnis standen alle auf und gingen ihren Beschäftigungen nach, ohne den Mut zu haben, sich zu dem Dokument zu äußern.

Der Brief strahlte Würde aus, und die vernichtenden Worte, die er dem Feind entgegenschleuderte, hatten etwas Feines. Eine vulgäre *Intrigantin* , in der Tat! Warum also leugnen, dass es wahr ist, obwohl die Aussage etwas unverblümt war? Mademoiselle zog es immer vor, sich als Architektin ihres eigenen Schicksals zu betrachten.

Am nächsten Morgen bemerkte der Abbé , der, mehr beunruhigt, als er zugeben wollte, über das entschlossene Vorgehen der Schlossherrin, sich auf den Weg gemacht hatte, um unter vier Augen zu meditieren, dass sie bereits Schritte unternommen hatte, um sich zu isolieren!

Er fand Arbeiter damit beschäftigt, eine Tür zu öffnen, die den Zugang zum Kinderflügel vom Schlafzimmer der Marquise aus ermöglichen sollte, und einen Schlosser, der das Schloss der Pforte, die zum Gartengraben führte, auswechselte.

Dieses Vergnügen sollte also der Gruppe, aus der der Feind bestand, von nun an verwehrt bleiben? Wie würde Clovis diesen Schritt aufnehmen? Ein Skandal, wahrlich! Verursachte sie nicht selbst einen, indem sie so demonstrativ Absperrungen errichtete und plappernde Arbeiter einstellte? Es war offensichtlich ihre Absicht, den langen Salon, das angrenzende Boudoir, das Schlafzimmer mit Blick auf den Hof und den Kinderflügel mit dem Grabengarten zur Erholung im Freien zu nutzen und den Rest der Räumlichkeiten der Familie zu überlassen. Wenn sie sie nie sehen oder mit ihr sprechen würden, wie könnten sie dann ihre Pläne umsetzen? Die Meister, die zweifellos aus Blois gerufen würden, um die junge Idee zu lehren, würden sicherlich etwas Ungewöhnliches entdecken, und auch sie würden sicherlich klatschen. Und was ist mit den Dienern? Sie waren vertrauenswürdig genug, da sie größtenteils vom Abbé selbst als Vertreter des Marquis de Gange engagiert worden waren und Gabrielle nie daran gedacht hatte, sich einzumischen. Aber die besten Diener haben Zungen, und wenn die Nachbarn von Montbazon herüberflitzten (was sie sicher bald tun würden), vertraute sich der Kutscher dem Kutscher an und der Lack dem Lack, und die alte Madame de Vaux hörte alles darüber und verbreitete es Nachrichten wie ein Lauffeuer. Ganz Touraine würde glauben, dass die Marquise de Gange eine Gefangene in ihrem eigenen Schloss sei; Der Mob, der sie liebte, würde sich erheben, und es würde eine hübsche Pother geben! Wie schade, dass sie nicht tatsächlich eine Gefangene war, die durch subtile Vorsichtsmaßnahmen, wie sie der Abbé so leicht erfinden konnte, umzingelt war!

Als er sich um diesen Punkt drehte, seufzte er. Nein. Dieser Plan war aus vielen Gründen zumindest vorerst nicht realisierbar. Dies war nicht der Moment für Zwang, sondern für Schmeicheleien. Dennoch, so überlegte er, könnte es besser sein, den Ring der Diener zu vervollständigen, wenn sich der Zufall ergab. Wie provozierend war es, dass die Dinge so unruhig liefen! Anstatt sich als nützlich zu erweisen, schien Mademoiselle nur zu Komplikationen zu führen. Ihr Wiederauftauchen hatte bereits eine katastrophale Wirkung gehabt, denn welchen Sinn hatte es, sie mit der Aufgabe zu beauftragen, das Gewissen des Marquis zu verwalten, wenn seine Frau sich außer Reichweite zurückziehen konnte? So wie die Dinge lagen, würde es niemals genügen, sie mit Gewalt von dort wegzuziehen, denn unvorsichtig würde Clovis unruhig werden. Wenn er nur dazu gebracht werden könnte, mit seinem schlechten Gewissen eine Zeit lang wegzugehen, um dem Propheten in Spa einen Besuch abzustatten – aber es ergab sich erneut eine Schwierigkeit. Seine Anwesenheit war hier notwendig, denn wenn dieses Testament annulliert und ein neues erstellt werden sollte , musste er angeblich dafür sorgen.

Ein Kriegsrat! entschied Pharamond schließlich. Wertvolle Zeit wird verschwendet. Wir müssen uns zusammenschließen und einen Kampagnenplan beschließen, der ohne mit der Wimper zu zucken bis zum Ende durchgeführt werden muss.

Nachdem er zu diesem Schluss gekommen war, drehte er sich zügig um und machte sich mit schnellen Schritten auf die Suche nach seinen Verbündeten.

saßen Mademoiselle, der Chevalier und der Abbé um einen Tisch in dem kleinen Allerheiligsten, das letzterer zu seinem eigenen gemacht hatte – einem gemütlichen kleine Kammer, mit dunkler Eiche getäfelt und mit schweren Doppeltüren – und der Gastgeber begann sein Gleichnis und sprach :

„Mademoiselle Brunelle ist sich wahrscheinlich bewusst", begann er mit seiner leisen, süßen Stimme, „dass sie nicht nur wegen ihrer bezaubernden Gesellschaft hierher gerufen wurde. Wir kennen seit langem die Ansichten und Wünsche des anderen und sind zu dem Bewusstsein gelangt, dass wir nicht auf gegenseitige Hilfe angewiesen sind." Unsere Wünsche sind unerreichbar. Glücklicherweise kollidieren sie nicht; im Gegenteil, obwohl sie unterschiedlich sind, laufen sie freundschaftlich Seite an Seite. So glücklich! Es wird am besten sein, wenn ich sie noch einmal Revue passieren lasse?

„Mademoiselle Brunelle hat eine Vorliebe dafür entwickelt, eine Krone zu tragen. Die besagte Krone würde sich als dürftiger Schmuck erweisen, wenn sie nicht hübsch vergoldet und mit Juwelen besetzt wäre. Das Gold und die Juwelen sind unglücklicherweise im Besitz einer Dame, die derzeit die Krone trägt, und die nicht die Absicht hat, dies zu tun." Entweder das eine oder das andere aufzugeben. Sie muss dazu gebracht werden, beides aufzugeben – wie?"

Es entstand eine Pause, in der der Chevalier unruhig blinzelte. Dem Abbé war es gelungen, einen Bruder zumindest gut unter seine Fittiche zu nehmen. Wie ein Hund blickte der arme, durchnässte Phebus Pharamond ständig in die Augen und suchte dort nach seinen Befehlen. In jedem steckte der Keim einer Idee, die niemand ans Licht bringen wollte.

„Abbé", bemerkte Mademoiselle knapp. „Wie immer reden Sie um den heißen Brei herum. Es gibt niemanden, den Sie belauschen könnten. Sagen Sie klar und deutlich, was Sie vorschlagen würden."

„Bin ich nicht klar genug?" lachte Pharamond leicht.

„Nein", erwiderte Aglaé und zog nachdenklich die Brauen nach unten. „ Sie sagen, dass unsere Ansichten parallel verlaufen. Wie kann das sein? Sie lieben dieses rührselige Geschöpf, und ich für meinen Teil kann es, wie ich bereits sagte, tragen und willkommen heißen, obwohl ich Ihren Geschmack nicht bewundere. Ich habe es versucht Ich wollte Ihnen in der Vergangenheit helfen, aber – nun ja – meine Bemühungen waren erfolglos. Wie kann ich Ihnen jetzt helfen, ohne meine eigenen Aussichten zu beeinträchtigen? Sie sind nicht so dumm anzunehmen, dass ich Clovis ohne Sou akzeptieren würde, Ich bin auch nicht so dumm, mir vorzustellen, dass Sie diesen Kerl ohne ihr Vermögen nehmen würden.

„Mademoiselle skizziert eine Situation mit so kurzer Klarheit, dass es ein Privileg ist, ihr zuzuhören", antwortete Pharamond mit einem festen Zucken seiner dünnen Lippen, das für ein Lächeln gedacht war. „Aber so wie es Flecken auf der Sonne gibt, ist auch sie nicht ganz perfekt. Sie vergisst, dass die Welt immer rollt und dass sich unsere Ansichten ändern und anderen Platz machen, wenn wir mit ihr rollen. Vielleicht wird sie sich daran erinnern Aber für mich wäre sie immer noch ein Engel ohne das Tor, und ich gebe zu, dass ich wahrscheinlich nicht die Pfote eines so klugen Menschen benutzen werde, ohne die Kastanien zu teilen, die sie rettet.

„Ein Kompromiss also?" sagte Aglaé . „Ich tappe immer noch völlig im Dunkeln."

„Weil Sie von einer falschen Prämisse ausgehen, die einst wahr war, es aber nicht mehr ist. Mit einer einnehmenden Offenheit, die meine hingebungsvolle Bewunderung einfordert, geben Sie zu, dass Ihnen Clovis ohne seine Krone und ausreichend Reichtum völlig egal ist . Nun, mir liegt Gabrielle überhaupt nicht am Herzen. Sie war so fehlgeleitet, sich über meine Klage hinwegzusetzen, mich mit überheblicher Verachtung zu bedecken, mich mit Füßen zu treten. Bin ich wohl ein Mann, der das verzeiht? Wahrscheinlich nicht.

„Wenn es nach mir ginge, würde ich sie für eine Weile mitnehmen und sie dann beschmutzt und gebrochen dem niedrigsten meiner Lakaien vorwerfen! Es wäre eine süße und völlige Rache, die mir leider die Klugheit befiehlt." darauf zu verzichten. Als der Abbé über die entzückenden Möglichkeiten einer solchen Rache nachdachte, sah er mit seinem blassen Gesicht, den knirschenden Zähnen und den von innen heraus leuchtenden grünen Augen so böse aus, dass der Chevalier zusammenzuckte und Aglaé sich ein wenig unwohl fühlte .

Dies war eine Offenbarung und ein Hinweis auf sein labyrinthisches Gehirn. Er hatte gelernt, die unglückliche Marquise ebenso zu verabscheuen wie sie, und die beiden sollten sich zusammentun, um sie zu vernichten. Das war Kapital!

Allmählich verblasste das grüne Licht, das weiße Gesicht errötete, und Pharamond war leicht lachend wieder er selbst.

„Wie weise wir sind", sagte er, „ein volles Geständnis abzulegen und keine Geheimnisse für sich zu behalten! Sie hat ihr Vermögen gebunden und muss es auflösen, und dann müssen wir es in Besitz nehmen und teilen. Du und Clovis werdet eine Hälfte nehmen, Phebus und ich der andere. Es wird genug für alle da sein. Sicherlich ist die Vereinbarung einfach."

Ja. Bestimmte Bedingungen wurden erreicht , der Rest war einfach. Dieser Keim unten in der Dunkelheit entwickelte sich schnell und brachte dunkle, schleimige Blätter hervor, die denen des Tollkirschens ähnelten.

Die drei betrachteten einander und schwiegen, während jeder den gleichen Gedanken hatte.

Nachdem man sie dazu veranlasst hatte, ihr Testament zu widerrufen, musste die Marquise weggebracht werden.

Doch bevor der Schatz erreicht werden konnte, mussten Wälle erklommen und breite Gräben überquert werden. Könnten die Hindernisse jemals überwunden werden? Einige von ihnen waren so hoch wie unberührte Alpen.

Der Abbé erklärte weiter, dass es die Aufgabe der Mademoiselle sei, den Marquis geschickt in einen angemessenen Geisteszustand zu versetzen. Sie sollte eine fesselnde Beschäftigung für seinen Intellekt finden, seine Augen mit mystischem Schnickschnack blenden, durch kunstvolle Stiche seine Verärgerung gegen seine Frau steigern, ihn mit schmeichelhaften Aufmerksamkeiten umhüllen, die Wunde grün halten und ihn dennoch in Watte wickeln.

Mademoiselle schüttelte zweifelnd den Kopf. Erinnerte sie sich nicht an den Blick, den er ihr zuwarf, als sie wünschte, dass ihre Frau ertrinke? Er würde niemals solch strengen Maßnahmen zustimmen, die weniger skrupellosen Personen bequem erscheinen könnten.

„Puh!" erwiderte Pharamond . „Kenne ich ihn nicht? Wenn etwas unwiderruflich erledigt ist, wird er froh sein, von den Ergebnissen zu profitieren. Du musst ihn im Spiel halten wie einen kämpfenden Fisch, und wenn die Zeit gekommen ist, ihn an Land bringen. Mit einem halben großen Vermögen." , und die Entfernung seines aufdringlichen Besitzers würde ihn bald zufriedenstellen.

„Das halbe Vermögen", sinnierte Aglaé tief in ihrem Inneren. „Hm! Hm! Das halbe Vermögen! Warum nicht das ganze? Halbheiten sind nicht zufriedenstellend!"

FUSSNOTE

<u>Fußnote 1</u> : Es muss daran erinnert werden, dass das französische Gesetz in seiner gegenwärtigen Form aus der späteren Epoche Napoleons stammt. Die mit dem Willen der Marquise de Gange verbundenen Ereignisse sind historischer Natur.   LW

ENDE VON BAND II.

www.ingramcontent.com/pod-product-compliance
Lightning Source LLC
Chambersburg PA
CBHW020350160726
47987CB00022BA/2506